그대가
　　생각났습니다

**그대가 생각났습니다**
이정하 지음

**초판 인쇄**  2021년 03월 05일
**초판 발행**  2021년 03월 10일

**지은이**  이정하
**그린이**  반지인
**펴낸이**  신현운
**펴낸곳**  연인M&B
**기 획**  여인화
**디자인**  이희정
**마케팅**  박한동
**홍 보**  정연순
**등 록**  2000년 3월 7일 제2-3037호
**주 소**  05052 서울특별시 광진구 자양로 56(자양동 680-25) 2층
**전 화**  (02)455-3987 팩스 (02)3437-5975
**홈주소**  www.yeoninmb.co.kr
**이메일**  yeonin7@hanmail.net

값 13,000원

ⓒ 이정하 2021 Printed in Korea

ISBN 978-89-6253-511-2 03810

# 그대가
# 생각났습니다

이정하 지음

/

반지인 그림

「너는 눈부시지만 나는 눈물겹다」 이정하 시인의
그대를 잊을 수 있다 생각한 날은 하루도 없었습니다

독자가 뽑은 이정하 베스트 시 92

연인M&B

어느 꽃으로 왔기에 너는
흔들리는 바람으로 스쳐지나가는가.
곁에 둘 수 없었고 잡을 수 없었기에
너는 아직 내 가슴에 남아 있다.

이 시집은 순전히 독자들에 의해 만들어졌음을 밝힌다. 근 40년
동안 써 온 작품 중 92편을 독자들이 직접 골랐고, 또한 시 하나
하나에 그들의 진솔한 감상평까지 곁들여져 있으니까. 어떤 것은
쓰라렸고, 어떤 것은 달디 달아서 나는 읽는 내내 몇 번이고 무릎
을 쳤다. 솔직담백한 표현이야말로 가장 훌륭한 시라는 것을 새삼
느끼해 준 글들이었다. 내 시를 더욱 농익게 만들어 준 고마움에
고개 숙여 감사한다.

2021년 새봄
이정하

# 2 PART
## 가끔은 비 오는 간이역에서

# 3 PART
## 보여 줄 수 없는 사랑

# 4 PART
## 가난한 사랑을 위한 시

# 5 PART
## 내가 당신을 사랑하는 것은

# 1 PART

## 너에게 가는 것만으로도

# 낮은 곳으로

낮은 곳에 있고 싶었다
낮은 곳이라면 지상의
그 어디라도 좋다
찰랑찰랑 물처럼 고여들 네 사랑을
온몸으로 받아들일 수만 있다면
한 방울도 헛되이
새어 나가지 않게 할 수만 있다면

그래, 내가
낮은 곳에 있겠다는 건
너를 위해 나를
온전히 비우겠다는 뜻이다
나의 존재마저 너에게
흠뻑 주고 싶다는 뜻이다

잠겨 죽어도 좋으니
너는 물처럼 내게 밀려오라

이 한 문장에 마음이 울컥했다. 감동이 밀려왔다.
마음에 습기 차는 느낌. 잠겨 죽어도 좋다는 비장한 각오와
너를 받아들일 준비가 된 굳은 의지.
저 정도 각오와 저 정도 의지라면 뛰어들어 볼 만하다. 그게 뭐든! **피어나**

처음 이 시를 접할 때 정말이지 잠겨 죽을 것 같았어요.
마침 짝사랑을 하고 있던 때라 용기를 내어 그 사람에게 제 마음을 고백하게 됐죠.
제겐 너무 고마운 시에요. **이마음**

달달 외우고 싶어 매일매일 읊어 보던 시였답니다.
그러면 마음에 두고 있는 그가 제게로 밀려올 것만 같아서.
마지막 대목은 정말 압권이지 않아요? **파란맘**

사랑이 어떠해야 할지 진지하게 생각해 보게 하는 시였어요.
지금 제가 하고 있는 사랑이 너무 얄팍하다는 생각이 들더군요.
어떻게 이런 생각을 하게 됐는지 진짜 감동이었어요. **다알리아**

# 사랑

마음과 마음 사이에
무지개 하나가 놓였다고 생각했다

그러나
이내 사라지고 만다는 것은
미처 몰랐다

사랑의 기억이 사라지는 건 아쉽지만, 사랑의 아픔이 사라지는 것은 반가운 일이다.
내가 너를 잊지 못했다면 지금 이 순간 이곳에 있을 수 있을까?
가질 수 없는 것들을 잊을 수 있다는 것은 축복. **우진**

마음과 마음 사이에 놓인 무지개, 너무 예쁘다. **미희**

사라지기에, 잡을 수 없기에 사랑은 아파요.
영원히 내 곁에 둘 수는 정녕 없는 걸까요? **혜수**

# 섬

언제나 혼자였다
그 혼자라는 사실 때문에 난
눈을 뜨기 싫었다

이렇게 어디로 휩쓸려 가는가

주위에 사람이 많아도 언제나 공허함이 남는 것 같아요.
저희 동네로도 한번 휩쓸려 오세요. **주희**

가끔은 외롭고 가끔은 그립습니다. 처음부터 혼자였는데도 말입니다.
눈뜨기 싫을 때가 많아요. 내가 만든 섬, 가두어 둔 것도
결국은 내 자신이지 않겠어요? **미소천사**

섬은 혼자가 아니랍니다.
파도도 함께 출렁거리고 갈매기들도 날아오고
수많은 고기떼들이 있으니. **순영**

# 길 위에서

길 위에 서면 나는 서러웠다
갈 수도, 안 갈 수도 없는 길이었으므로
돌아가자니 너무 많이 걸어왔고
계속 가자니 끝이 보이지 않아
너무 막막했다

허무와 슬픔이라는 장애물
나는 그것들과 싸우며 길을 간다
그대라는 이정표
나는 더듬거리며 길을 간다
그대여, 너는 왜 저만치 멀리 서 있는가
왜 손 한번 따스하게 잡아 주지 않는가
길을 간다는 것은
확신도 없이 혼자서 길을 간다는 것은
늘 쓸쓸하고도 눈물겨운 일이었다

언젠가 TV에서 배우 오미희 씨가
이 시를 낭송하는 걸 들었는데 눈물이 나서 혼났어요.
우리 살아가는 일이 그냥 그렇게 서러운가 봐요. **현주**

오늘도 나는 질끈 신발 끈을 묶는다. **영남**

그대여, 너는 왜 저만치 멀리 서 있는가. 무척 아픈 대목이다.
아무리 멀고 험한 길이라도 함께만 간다면 행복할 수 있을 텐데…. **우영**

# 험난함이 내 삶의 거름이 되어

기쁨이라는 것은 언제나 잠시뿐, 돌아서고 나면
험난한 굽이가 다시 펼쳐져 있는 이 인생의 길

삶이 막막함으로 다가와 주체할 수 없이 울적할 때
세상의 중심에서 밀려나
구석에 서 있는 것 같은 느낌이 들 때
자신의 존재가 한낱 가랑잎처럼 힘없이 팔랑거릴 때
그러나 그런 때일수록 나는 더욱 소망한다
그것이 내 삶의 거름이 되어
화사한 꽃밭을 일구어 낼 수 있기를
나중에 알찬 열매를 맺을 수 있다면
지금 당장 꽃이 아니라고 슬퍼할 이유가 없지 않은가

얼마나 울었는지 몰라요.
눈물을 닦고 다시금 길을 나서게 용기를 준 고마운 시에요. **눈이 큰 아이**

내 삶에 표지판 같은 시였다. 흔들릴 때마다 나는 이 구절을 떠올렸다.
지금 당장 꽃이 아니라고 슬퍼하지 말자고.
그래, 지금의 힘겨움이 내 인생의 거름이 될 것이다.
나중에 피어날 아름다운 꽃을 위해 이 정도는 아무것도 아니라고. **창재**

나는 어떤 꽃으로 필까? 벌써부터 기대된다. **소혜**

# 동행

같이 걸어 줄 누군가가 있다는 것
그것처럼 우리 삶에 따스한 것은 없다

돌이켜 보면, 나는 늘 혼자였다
사람들은 많았지만 정작 중요한 순간에는
언제나 혼자였다
기대고 싶을 때 그의 어깨는 비어 있지 않았으며
잡아 줄 손이 절실히 필요했을 때 그는 저만치서
다른 누군가와 이야기하고 있었다

그래, 산다는 건 결국
내 곁에 아무도 없다는 것을 확인하는 일이다
비틀거리고 더듬거리더라도 혼자서 걸어가야 하는
길임을, 들어선 이상 멈출 수도
가지 않을 수도 없는 그 외길…

같이 걸어 줄 누군가가 있다는 것
아아, 그것처럼 내 삶에 절실한 것은 없다

무슨 말이 필요 있겠어요, 함께 간다는 그 따스함을.  **민혜**

저 멀리서 내 이름을 부르며 헐레벌떡 뛰어오는 사람이 있었다.
아, 맞다. 난 혼자가 아니구나. 내 삶엔 이 사람과 항상 함께구나.  **안쁘뇨**

내가 얼마나 기다렸는지 몰라, 너를.  **성국**

# 마음 열쇠

문이 하나 있었다

그 문은 아주 오랫동안 잠겨 있었으므로
자물쇠에 온통 녹이 슬어 있었다

그 오래된 문을 열 수 있다는 것은
마음이라는 열쇠밖에 없었다
녹슬고 곪고 상처받은 가슴을 녹여
부드럽게 열리게 할 수 있는 것은
따스하게 데워진 마음이라는 열쇠뿐

닫혀진 것을 여는 것은
언제나 사랑이다

22

그렇죠. 언제나 마음을 열게 하는 것은 사랑이죠. **영란**

돈이나 권력, 또는 그 밖의 다른 것으로는 결코 열 수 없는 문이 있었지.
사랑으로만 열 수 있는 마음이라는 문. **다미**

한 친구의 배신, 그리고 철저한 외면. 그렇게 닫힌 내 마음의 문도 열 수 있을까요?
너무 오랫동안 닫아 두었는데. **혜미**

# 기대어 울 수 있는 한 가슴

비를 맞으며 걷는 사람에겐 우산보다
함께 걸어 줄 누군가가 필요한 것임을
울고 있는 사람에겐 손수건 한 장보다
기대어 울 수 있는 한 가슴이
더욱 필요한 것임을

그대를 만나고서부터
깨달을 수 있었습니다

그대여, 지금 어디 있는가
보고 싶다
보고 싶다
말도 못할 만큼
그대가 그립습니다

비 오는 날, 나는 혼자 걷고 있었습니다.
내 뺨을 타고 흐르는 것이 눈물인지 빗물인지 몰라 한참을 그렇게 걸었습니다.
나쁜 사람, 나는 어쩌라고. **카프카**

많은 걸 바라지 않아요. 당신에게 나는 거창하고 큰 걸 바라지 않는다니까요.
그저 내 곁에만 있어 주면 된다니까요. **지윤**

제목만 봐도 쿵하고 내 가슴을 울렸어요. 기대어 울 수 있는 한 가슴,
지금 제겐 그게 간절히 필요한데. 당신이 많이 보고 싶어졌습니다. **훈**

# 너에게 가는 것만으로도

처음에 어린 새가 날갯짓을 할 때는
그 여린 파닥임이 무척 안쓰러웠다
하지만 점점 날갯짓을 할수록
더 높은 하늘로 날아오를 수 있다는 것은
우리 삶도 꾸준히 나아가기만 한다면
얼마든지 풍성해질 수 있다는 것일 게다

맨 처음 너를 알았을 때
나는 알지 못할 희열에 몸을 떨었다
하지만 그것도 잠시 나는 곧
막막한 두려움을 느껴야 했다
내가 사랑하고 간직하고 싶었던 것들은
항상 멀리 떠나갔으므로

참 좋은 시다. 사회 초년생인 내게 큰 용기를 주었다.
무섭고 두렵기만 했는데 그깟 별거 아니라는 생각이 들었다. **규준**

이 시를 쓴 시인께 고마움을 전하고 싶어요. 읽는 내내 마음이 따스해졌거든요.
너를 생각하고 너를 사랑하는 자체가 정말 행복인 거 같아요. 감사해요. **인영**

너에게 가고 있다는 그 사실, 때로 우린 길을 잃기도 하지만
그것 또한 너에게 가고 있는 과정이리라. **상현**

하지만 나는 너에게 간다
이렇게 가다 보면 너에게 당도할 수 있을 것이라는
막연한 기대를 가지고
내 마음이 환희로 가득 차오르는 건
너에게 가고 있다는 그 사실 때문이었다
너에게 닿아서가 아니라
너를 생각하며 걸어가는 그 자체가 내겐
더없이 행복한 것이었으므로

나는 너에게 간다

# 그를 만났습니다

그를 만났습니다
길을 가다 우연히 마주치더라도
반갑게 차 한잔 할 수 있는
그를 만났습니다
방금 만나고 돌아오더라도
며칠을 못 본 것같이 허전한
그를 만났습니다
내가 아프고 괴로울 때면
가만히 다가와 내 어깨를 토닥여 주는
그를 만났습니다
바람이 불고 낙엽이 떨어지는 날이면
문득 전화를 걸고 싶어지는
그를 만났습니다
어디 먼 곳에 가더라도
한 통의 엽서를 보내고 싶어지는
그를 만났습니다
이 땅 위에 함께 숨 쉬고 있다는
이유만으로도 마냥 행복한
그를 만났습니다

이상한 일이다, 이 시를 보고 있으면 그와 함께인 듯한 생각이 든다.
지금은 멀리 떠나 있지만 가만히 내게로 다가오는 착각에 빠지는 것이다. **소영**

그런 것이리라, 내가 당신을 사랑한다는 것은.
내 가슴에 결코 지워지지 않는 마음의 문신 같은 것. **민재**

어느 날 저녁, 그에게 조용히 이 시를 낭독해 줬어요.
그때 그가 내게 미소를 보여 줬는지는 모를 일이지만
아무튼 지금은 내 곁에서 두 아이의 아빠로 있죠.
우리를 연결해 준 시라 내겐 무척 의미가 깊어요. **쌍둥맘**

# 한 사람을 사랑했네 1

삶의 길을 걸어가면서
나는, 내 길보다
자꾸만 다른 길을 기웃거리고 있었네

함께한 시간은 얼마 되지 않았지만
그로 인한 슬픔과 그리움은
내 인생 전체를 삼키고도 남게 했던 사람
만났던 날보다 더 사랑했고
사랑했던 날보다
더 많은 날들을 그리워했던 사람
뜬눈으로 밤을 지새우다
함께 죽어도 좋다 생각한 사람
세상의 환희와 종말을 동시에 예감케 했던
한 사람을 사랑했네

부르면 슬픔으로 다가올 이름
내게 가장 큰 희망이었다가
가장 큰 아픔으로 저무는 사람
가까이 다가설 수 없었기에 붙잡지도 못했고
붙잡지 못했기에 보낼 수도 없던 사람
이미 끝났다 생각하면서도

길을 가다 우연이라도 마주치고 싶은 사람
바람이 불고 낙엽이 떨어지는 날이면
문득 전화를 걸고 싶어지는
한 사람을 사랑했네

떠난 이후에도 차마 지울 수 없는 이름
다 지웠다 하면서도 선명하게 떠오르는 눈빛
내 죽기 전에는 결코 잊지 못할
한 사람을 사랑했네
그 흔한 약속도 없이 헤어졌지만
아직도 내 안에 남아
뜨거운 노래로 불려지고 있는 사람
이 땅 위에 함께 숨쉬고 있다는 이유만으로도
마냥 행복한 사람이여
나는 당신을 사랑했네
세상에 태어나 단 한 사람
당신을 사랑했네

아마 나는 당신을 많이 사랑했나 봅니다.
아직도 내 가슴에 생생히 살아 있는 걸 보면. **순애보**

수많은 사람과 인연을 맺었지만 결국은 한 사람만 사랑하게 된다.
그 사람과 세상 마칠 때까지 함께하고 싶다. **남수**

자꾸만 생각나는 사람. 떠난 지 오래지만 곧 다시 만날 것만 같은 사람.
그와 했던 모든 것들이 내게 남아 있는 한 그는 나의 사람이다. **애지**

## 내가 빠져 죽고 싶은 강, 사랑, 그대

저녁 강가에 나가
강물을 바라보며 앉아 있었습니다
때마침 강의 수면에
노을과 함께 산이 어려 있어서
그 아름다운 곳에
빠져 죽고 싶은 생각이 절로 들었습니다

빼어나게 아름답다는 것은
가끔 사람을 어지럽게 하는 모양이지요
내게 있어 그대도 그러합니다
내가 빠져 죽고 싶은
이 세상의 단 한 사람인 그대

그대 생각을 하며
나는 늦도록 강가에 나가 있었습니다
그 순간에도 강물은 쉬임 없이 흐르고 있었고
흘러가는 것은 강물만이 아니라
세월도, 청춘도, 사랑도, 심지어는
나의 존재마저도 알지 못할 곳으로 흘러서
나는 이제 돌아갈 길 아득히 멀고…

나의 존재마저도
알지 못할 곳으로 흘러서

쓸쓸함이 가득 밀려오는 시네요.
저녁 강의 풍경 속에 그 풍경을 가만히 바라보고 있는 시인의 모습이 떠오릅니다.
그 모습 또한 한 폭의 그림이겠죠. **진주**

저 강물처럼 흐르고 흘러서 나는 어디로 갈까? **인수**

내가 빠져 죽고 싶은 이 세상의 단 한 사람인 그대.
오래도록 내 가슴에 지워지지 않는 구절.
나 역시 그 구절 속에 빠져 버렸나 봐요. **하나**

# 별

너에게 가지 못하고
나는 서성인다

내 목소리 닿을 수 없는
먼 곳의 이름이여
차마 사랑한다 말하지 못하고
다만 보고 싶었다고만 말하는 그대여
그대는 정녕 한 발짝도
내게 내려오지 않긴가요

까만 밤이었던 날이 많았습니다. 그 어두운 밤하늘에 총총히 떠 있는 별.
나는 그렇게 올려다만 보는 날이 많았습니다. **명희**

고교 시절, 한 여학생을 사랑했습니다. 짝사랑이었죠.
그때 이 시를 읽고 나 혼자 얼마나 울었던지요. 하지만 지금 생각해 보면
그때의 사랑이 있어 내 삶이 더 풍요로워지고 환해졌던 것 같습니다. **인수**

별은 없어지지도 사라지지도 않습니다.
그대도 내 가슴속에서 그렇게 빛나고 있을 겁니다. **푸른나무**

# 바람 속을 걷는 법 1

바람이 불었다

나는 비틀거렸고
함께 걸어 주는 이가
그리웠다

심쿵! 내 마음을 들켰다. **상혁**

나는 날마다 비틀거려요.
나를 부축해 주고 함께 걸어 줄 사람은 어디 있나요?
그 사람이 그립습니다. **해오름**

난데없는 바이러스로 세상이 흉흉한 요즘이다.
가까운 사람들과도 거리를 두라는 캠페인이 곳곳에 나붙고 있다.
가뜩이나 외로운 내겐 더없이 외로운 시간. 마음만이 아닌
몸을 기댈 수 있는 날이 빨리 와 주기를. **은우**

# 추억에 못을 박는다

잘 가라, 내 사랑
너를 만날 때부터 나는
네가 떠나는 꿈을 꾸었다
저문 해가 다시 뜨기까지의
그 침울했던 시간
그동안에 나는 못질을 한다
다시는 생각나지 않도록 서둘러
내 가슴에
큰 못 하나를 박았다

잘 가라, 내 사랑
나는 너를 보내고 햄버거를 먹었다
아무 일 없었다는 듯 뒤돌아서서
햄버거를 먹다가
목이 막혀 콜라를 마셨다

잘 가라, 내 사랑
네가 나를 버린 게 아니라
내가 너를 버린 게지
네가 가고 없을 때 나는 나를 버렸다
너와 함께 가고 있을 나를 버렸다

제목부터가 내 마음을 확 끈 시. 콜라를 마신 것처럼 시원했어요. **연정**

가슴에 대못 하나가 박혔다고 생각했다.
그러나 이제 빼련다. 이젠 내가 너를 버릴 차례이기에. **용식**

정말 좋아하는 시예요. 한 선생님을 짝사랑하던 여고 시절 처음 읽었는데,
그때부터 지금까지 이 시는 내 마음의 앨범 첫 면에 자리잡고 있어요. **푸른달**

# 바람 속을 걷는 법 2

바람 불지 않으면 세상살이가 아니다
그래, 산다는 것은
바람이 잠자기를 기다리는 게 아니라
그 부는 바람에 몸을 맡기는 것이다
바람이 약해지는 것을 기다리는 게 아니라
그 바람 속을 헤쳐 나가는 것이다

두 눈 똑바로 뜨고 지켜볼 것
바람이 드셀수록 왜 연은 높이 나는지


아, 그동안의 내 마음가짐이 반성이 되었다.
바람 분다고 한 발짝도 나서지 못한 내 생활태도가.  **성민**

마음 바람을 거슬러 보려고 한 적이 있다. 몇 발짝 가지 못해서 고꾸라지고는
이내 깨달았다, 바람은 달래는 것이지 거스르는 것이 아니라는 것을.
달래고자 하면 내 편이 돼 준다는 것을.  **은영**

그렇구나. 지금 받는 내 고통은 어쩌면
나를 더 강인하게 만드는 신의 뜻인지도….  **성규**

# 살아 있다는 것

바람 불어 흔들리는 게 아니라
들꽃은 저 혼자 흔들린다
누구 하나 눈여겨보는 사람 없지만
제자리를 지키려고 안간힘을 쓰다 보니
다리가 후들거려서 떨리는 게다

그래도… 들꽃은 행복했다
왠지 모르게 행복했다

아버지가 돌아가시고 아버지가 키우시던 꽃밭의 꽃들이 원망스러웠던 적이 있었다.
당신의 알뜰한 손길이 아니어도 잘 자라는 것들인데 왜 그리 애착을 가지셨을까.
당신이 사라진 것을 저들은 알까? 그러고 나니 알겠다.
사람도 역시 자연이라는 것을. 싹 틔웠다 자랐다 사라지고 만다는 것을. **승희**

나는 살아 있다. 그것만으로도 행복한 것 아닌가. **창수**

비록 바람 불어 흔들리지만 제자리를 지키고 서 있는 들꽃이 여여쁘다.
그의 머리를 쓰다듬어 주고 싶다. **세경**

# 우물

깊고 오래된 우물일수록
컴컴하고 어둡다
그 우물 속에서
어둠만 길어질 것 같던 거기서
맑고 깨끗한 물이 가득 올려질 줄이야

이토록 맑은 물을 간직할 수 있었던 것은
끊임없이 뒤채이고 있었다는 것이다
남들이 보지 않아도 속으로
열심히 물을 갈아엎고 있었다는 것이다

가만히 고여 있는 것 같아도 사실
우물은 한시도 가만히 있지 않는다
어쩌다 한 번뿐일지라도 우물은
늘 두레박을 맞이할 준비가
되어 있는 것이다

아, 그동안 너무 투정만 부렸네요. 기회가 오지 않는다고 원망만 했지
정작 나 자신은 아무것도 안 하고 나태하게 있었네요. **길치**

내게도 그런 날이 오겠죠. 맑고 깨끗한 물을 퍼 올릴 날이. **상민**

지금부터라도 준비해야겠어요.
두레박이 내려오는데 구정물만 있다면 실망스러울 거예요.
이 시는 내 삶의 길을 밝혀 주네요. **향숙**

# 없을까

어디 아늑한 추억들이 안개 깔리듯 조용히 깔리고 말을 하지 않아도 가슴으로 사는 곳은 없을까 술을 마시지 않아도 취해서 사는, 그리하여 괴로운 깨어남이 없는 영원한 숙취의 세계는 없을까 녹슬고 곪고 상처받은 가슴들을 서로 따스하게 다독거려 주는 그런 사랑의 세계는 없을까 겨울 저편, 빛나는 햇살 한 올 오래도록 바라보면서 비로소 사랑의 칼날에 아름답게 살해되는 그런 안녕의 세계는 없을까 없을까 없을까

없다! 그런 곳은 단연코 없다! **무소유**

시인은 담담하게 말하고 있지만 무언가 허전하고 무언가 가슴 시리는 대목들이다. 하지만 그런 곳이 어딘가에는 존재할 것이라고 나는 굳게 믿고 있다. 만약 없다면, 우리가 만들어 가야 할 것이라고 생각한다. **민수애비**

정말이지 그런 세상에 살고 싶어요. 생각만 해도 평화로운 세상. 지금은 너무 삭막하고 무서운 세상이에요. **영애**

# 2 PART

## 가끔은 비 오는 간이역에서

# 이 모든 것을 합치면

안녕
미안해
걱정 마
잘될 거야
당신에게 건네는
이 모든 말들을 합치면
사랑한다는 말이 되었다

눈물
한숨
아련함
그리고 기대
당신을 향한
이 모든 마음을 합치면
사랑하는 마음이 되었다

이 모든
마음을
합치면

이렇게 편한 언어로도 가슴이 따뜻해지는 거…
다시 시에 다가갈 수 있는 용기가 생깁니다. **문복**

쉬운 언어로 쓴 시가 세상에서 가장 감동적이고 쓰기 어려운 시.
간결한 시어 속에 깊은 의미를 담고 있네요. **하나**

사랑은 종합선물세트. 마음 따뜻한 사랑, 아픔이 없을 것 같은 사랑,
언제나 내 편일 거 같은 사랑, 어렵지 않은 사랑, 너무 좋아요. **성숙**

45

# 가끔은 비 오는 간이역에서
# 은사시나무가 되고 싶었다

햇볕은 싫습니다
그대가 오는 길목을 오래 바라볼 수 없으므로
비에 젖으며 난 가끔은
비 오는 간이역에서 은사시나무가 되고 싶었습니다
비에 젖을수록 오히려 생기 넘치는 은사시나무
그 은사시나무의 푸르름으로 그대의 가슴에
한 점 나뭇잎으로 찍혀 있고 싶었습니다
어서 오세요, 그대
비 오는 날이라도 상관없어요
아무런 연락 없이 갑자기 오실 땐
햇볕 좋은 날보다 비 오는 날이 제격이지요
그대의 젖은 어깨, 그대의 지친 마음을
기대게 해 주는 은사시나무 비 오는 간이역
그리고 젖은 기적 소리
스쳐지나가는 급행열차는 싫습니다
누가 누군지 분간할 수 없을 정도로 빨리 지나가 버려
차창 너머 그대와 닮은 사람 하나 찾을 수 없는 까닭입니다
비에 젖으며 난 가끔은 비 오는 간이역에서
그대처럼 오는 완행열차
그 열차를 기다리는 은사시나무가 되고 싶었습니다

젖은 기적 소리

오래전, 학창 시절을 떠올리게 하는 시다. 그땐 참 이 시를 많이도 좋아했다.
라디오 광고에서 이 시가 흘러나올 때면 나도 모르게 가슴이 저려지곤 했었지.
그때의 감성이 새삼 그립다.  **숙희**

이정하 님의 시엔 간이역이 유독 많이 나온다.
어쩌면 우리도 저 간이역에 서 있는 은사시나무 같은 존재가 아닐까.
많은 것들을 떠나보내고 또 그것들을 애타게 기다리는.  **창재**

은사시나무, 그리고 급행열차와 완행열차. 그 이름들이 참 정겹다.
지난 추억들이 새록새록 피어오른다.  **민수**

# 북극으로

북극에 가면
'희다'라는 뜻의 단어가
열일곱 개나 있다고 한다

눈과 얼음으로 뒤덮여
온통 흰 것뿐인 세상

그대와 나 사이엔
'사랑한다'라는 뜻의 단어가
몇 개나 있을까

북극에 가서 살면 좋겠다
날고기를 먹더라도
그대와 나, 둘만 살았으면 좋겠다
'희다'와 '사랑한다'만 있는
그런 꿈의 세상

꿈같은 세상이에요. 그런 세상에서 살고 싶어요. **미미**

북극의 그 하얀 눈을 생각합니다.
갑자기 북극곰이 떠오르는 건 웬일일까요? **차명**

어디든 그대만 있었으면 좋겠어요. **혜지**

49

# 밤새 내린 비

밤새 비가 내렸나 봅니다
내 온몸이 폭삭 젖은 걸 보니

그대여
멀리서 으르렁대는 구름이 되지 말고
가까이서 나를 적시는 비가 되십시오


비 내리는 날은 좋은 날이라 늘 말했었는데…
가까이서 나를 적시는 비, 참 좋네요.
그런 비, 가슴으로 기다려 봅니다. **모모**

지금 제 마음에 너무 와 닿는 시입니다.
작은 모닥불이 그리운 오늘 같은 날엔 더더욱. **화선**

멀리서 으르렁대는 사람 되지 말고
가까이에서 적셔 주는 부드러운 사람이 되겠습니다.
그러지 않았던 것 같아서 당신에게 미안해요. **미하**

50

# 조용히 손을 내밀었을 때

내가 외로울 때 누가 나에게 손을 내민 것처럼
나 또한 나의 손을 내밀어 누군가의 손을 잡고 싶다
그 작은 일에서부터 우리의 가슴이 태워진다는 것을
새삼 느껴 보고 싶다

그대여 이제 그만 마음 아파하렴

외로울 때가 많다. 혼자여서가 아니다.
주변에 사람이 많을수록 그것은 더하면 더했지 결코 덜하지 않았다.
왜일까? **아침 이슬**

이 시를 읽고 나는 나를 되돌아보게 되었다.
내 자신과 내 주변의 사람들을.
나는 과연 그들에게 손을 내밀고 있는지. **설민**

따뜻함이 조용히 밀려왔다. 누군가의 손을 잡는다는 것,
그것은 서로의 가슴을 따뜻한 온기로 데워 주는 일일 것이다. **연우**

# 창가에서 1

햇살이 참 맑았다
네가 웃는 모습도 그러했다
너를 사랑한다는 것은
너를 바라만 보고 있겠다는 뜻은 아니다
온몸으로 너를 받아들이고 싶다는 뜻이다

햇살이 참 맑았다
네가 웃는 모습도 그러했지만
어쩐지 나는 쓸쓸했다
자꾸만 작아지는 느낌이었다
너에게 다가설 순 없더라도 이젠
너를 보고 있는 내 눈길은
들키고 싶었다

햇살이 참 맑았고
눈이 부셨다

햇살이 참 맑았고 눈이 부셨다

두 팔을 벌려 나를 안아 준 사람. 어느 곳, 언제 뜨는 태양이 이리도 밝고 따뜻할까.
나의 고단함과 슬픔을 녹이는 달콤한 햇살. **강빈**

떠올리기만 해도 저절로 환한 웃음이 이는 햇살 같은 사람. **인희**

솜사탕처럼 사르르 녹는 느낌이에요. 창가에 서 있고 싶단 생각이 들어요.
조그만 창문을 통해 보는 세상은 아름답겠죠. **경애**

# 꽃잎의 사랑

내가 왜 몰랐던가
당신이 다가와 터뜨려 주기 전까지는
꽃잎 하나도 열지 못한다는 것을

당신이 가져가기 전까지는
내게 있던 건 사랑이 아니니
내 안에 있어서는
사랑도 사랑이 아니니

아아, 왜 몰랐던가
당신이 와서야 비로소 만개할 수 있는 것
주지 못해 고통스러운 그것이 바로
사랑이라는 것을

그렇군요. 나의 사랑은 그대에게 주기 위한 것이었군요.
당신이 가져가기 전까지는 내 사랑은 꽃 한 송이 피울 수 없었네요. **미순**

어서 오세요. 머뭇거리지 말고. **견희**

사랑 많은 사람이 슬픔도 많은 까닭을 이제야 알겠습니다.
내 안에 가득 고인 슬픔을 어찌하나요.
그대가 오기만 한다면 단번에 사라질 그 슬픔 덩어리들. **경립**

# 저녁 별

너를 처음 보았을 때
저만치 멀리 떨어져 있었지만
너를 바라보는 기쁨만으로도
나는 혼자 설레었다

다음에 또 너를 보았을 때
가까워질 수 없는 거리를 깨닫곤
한숨지었다 너를 볼 수 있는 것만으로도
충분하다 생각했는데 어느새 내 마음엔
자꾸만 욕심이 생겨나고 있었던 거다

그런다고 뭐 달라질 게 있으랴
내가 그대를 그리워하고 그리워하다
당장 숨을 거둔다 해도
너는 그 자리에서 그대로
냉랭하게 나를 내려다볼밖에

내 어둔 마음에 뜬 별 하나
너는 내게 가장 큰 희망이지만
가장 큰 아픔이기도 했다

그리움도 은행처럼 칼 같은 마감 시간이 있으면 좋겠다.
24시간 편의점 같은 내 그리움은 연중무휴 환하게 불 밝혔다. **지윤**

욕심이 났지만 너는 내가 가질 수 없는 저 먼 나라의 별 같은 존재였다. **상수**

그래도 내 가슴을 환히 비출 수 있는 별이 있어 좋아요.
나도 별이 되어 당신 가슴을 비출 수 있으면 좋겠어요. **세희**

# 내 탓입니다

부는 바람이야 뭐
별 생각 있었겠습니까

흔들린 잎새만
한동안 그 느낌에 파르르 떠는 거죠

스쳐지나갔을 뿐
당신은 아무 잘못 없습니다
흔들리고 아파하는
내가 잘못인 거죠

사랑은, 받는 사람의 것이 아닌 주는 사람의 것이 맞나 봐요.
다소 아프긴 해도. **보슬비**

왠지 억울한 건 저의 미성숙한 자아 때문이겠죠.
지금은 흔들리지만 곧 제자리로 돌아갔으면 좋겠습니다. **점빵점원**

때론 부는 바람에 흔들리고 싶습니다.
하지만 어쩌죠? 제게 불어오는 바람의 세기가 이렇게도 약하니. **희정**

# 눈 오는 날

눈 오는 날엔
사람과 사람끼리 만나는 게 아니라
마음과 마음끼리 만난다

그래서 눈 오는 날엔
사람은 여기 있는데
마음은 딴 데 가 있는 경우가 많다

눈 오는 날엔 그래서
마음이 아픈 사람이 많다


그래서였군요, 제 마음이 이리도 아픈 것이. **미란**

오늘같이 눈 오는 날, 딱 들켜 버린 제 맘 같은 시입니다.
제 마음은 지금 어디에서 헤매고 있을까요?
눈송이가 되어 그대 마음에 무사히 당도했을까요? **미경**

눈 오는 날을 손꼽아 기다리는 것이 마음과 마음끼리라도 만나기 위해서였군요.
그 두 마음이 무사히 만났으면 좋겠습니다. **단미**

59

# 누군가를 사랑한다는 것은

새를 사랑한다는 말은
새장을 마련해
그 새를 붙들어 놓겠다는 뜻이 아니다

하늘 높이 훨훨 날려 보내겠다는 뜻이다

하늘 높이 훨훨

그래요, 두 팔로 꼭 끌어안는 게 아니라 두 팔 벌려 자유롭게 해 주어야죠.
사랑은 마주보면 안 돼요. 서로 같은 곳을 바라봐야 합니다. **은애**

아, 진정한 행복을 위한 사랑, 때론 어렵겠어요.
혼자 날려 보내지 말고 즐거이 같이 훨훨 날았으면 좋겠어요. **세나**

하늘 높이 날려 보내는 그 마음에 실린 사랑의 무게를 아는 새이길.
오랫동안 떠나보내는 쪽이었으니 이젠 새이고 싶네요. **정은**

# 너의 모습

산이 가까워질수록
산을 모르겠다
네가 가까워질수록
너를 모르겠다

멀리 있어야 산의 모습이 또렷하고
떠나고 나서야 네 모습이 또렷하니
어쩌란 말이냐, 이미 지나쳐 온 길인데
다시 돌아가기엔 너무 먼 길인데

벗은 줄 알았더니
지금까지 끌고 온 줄이야
산그늘이 깊듯
네가 남긴 그늘도 깊네

이 시는 시집보다 라디오에서 한 테너의 노래로 먼저 들었다.
라디오 진행자의 소개로 알았고, 지금은 내가 곧잘 흥얼거리는 노랫말이기도 하다.
내가 가장 좋아하는 노래의 구절과 시구는 '어쩌란 말이냐'라는 부분이다.
그러게. 어쩌란 말일까. 오도 가도 못하는 내 사랑의 미로를. **진경**

힝, 다리가 아파요. 당신이 너무 무거워요. **혜수**

참 절묘하다. 시란 게 우리 살아가는 삶의 이치를 말해 주는 듯하다.
그 짧은 시에 담겨 있는 삶의 의미.
점점 더 시를 가까이해야겠다는 생각이 든다. **성민**

# 그런 사람이 있었습니다

길을 가다 우연히 마주치고 싶었던
그런 사람이 있었습니다
잎보다 먼저 꽃이 만발하는 목련처럼
사랑보다 먼저 아픔을 알게 했던
현실이 갈라놓은 선 이쪽저쪽에서
들킬세라 서둘러 자리를 비켜야 했던
그런 사람이 있었습니다
가까이서 보고 싶었고
가까이서 느끼고 싶었지만
애당초 가까이 가지도 못했기에 잡을 수도 없었던
외려 한 걸음 더 떨어져서 지켜보아야 했던
그런 사람이 있었습니다
음악을 듣거나 커피를 마시거나
무슨 일을 하든간에 맨 먼저 생각나는 사람
눈을 감을수록 더욱 선명한
그런 사람이 있었습니다
사랑한다는 말은 기어이 접어 두고
가슴 저리게 환히 웃던, 잊을 게요
말은 그렇게 했지만 눈빛은 그게 아니었던
너무도 긴 그림자에 쓸쓸히 무너지던
그런 사람이 있었습니다

살아가면서 덮어 두고 지워야 할 일이 많겠지만
내가 지칠 때까지 끊임없이 추억하다
숨을 거두기 전까지는 마지막이란 말을
절대로 입에 담고 싶지 않았던
그런 사람이 있었습니다
부르다 부르다 끝내 눈물 떨구고야 말
그런 사람이 있었습니다

나도 너에게 그런 사람인지 무척 궁금해.  **미순**

시간이 지나면 나아질 줄 알았다. 하지만 너의 기억은 바래지지 않는다.  **창수**

같은 시간, 같은 장소, 같은 풍경이라도
그 순간에 누가 있었느냐에 따라 기억은 판이하다. 네가 있던 나의 기억이 그래.
온 우주가 홀랑 뒤바뀌어 버린 것 같은, 네가 없는 나의 세상이 그래.  **민철**

# 간격 1

그대와 나 사이에
간격이 있습니다

엄청난 것도 아니면서
늘 그것은 일정하게 뻗어 있어
나를 절망케 합니다

그러나 나는 믿습니다
서로 다른 샘에서 솟아나온 물도
끝내는 한 바다에서 만남을

그대와 나
지금은 잠시 떨어져 있지만
나중에는 한몸입니다
우리 영혼은 하나입니다

그대와 나 사이의 간격이 자꾸만 멀어져 가요.
이러다간 영영 만날 수 없을까 두려워져요. **선아**

끝내는 한 바다에서 만난다는 시인의 말을 믿고 싶어진다.
근데 너는 대서양, 나는 태평양이면 어떡하지? **필호**

몸은 떨어져 있지만 마음만은 하나면 좋겠어요.
하루 이틀 당신을 보지 않는 것은 충분히 참을 수 있어요.
하지만 당신과 나의 마음이 멀어져 가고 있다는 것은 참기 어려워요. **파란하늘**

# 바람 속을 걷는 법 3

이른 아침, 냇가에 나가
흔들리는 풀꽃들을 보라
왜 흔들리는지, 하고많은 꽃들 중에
하필이면 왜 풀꽃으로 피어났는지
누구도 묻지 않고
다들 제자리에 서 있다

이름조차 없지만 꽃 필 땐
흐드러지게 핀다 눈길 한 번 안 주기에
내 멋대로, 내가 바로 세상의 중심
당당하게 핀다

내가 '세상의 중심'이란 말에 용기백배! **성우**

자존감이란 말이 유행이 돼 버렸다. 자존감이 낮다, 자존감이 높다.
말 그대로 자존감은 나만이 알고 있는 나의 존재감인데 남들이 왈가왈부다.
내가 어디서 어떤 잡초로 피어 있든, 당신이 무슨 상관인가.
내 뿌리는 내가 알아서 할 테니 당신은 당신 삶이나 알아서 사시오! **들꽃**

난 어떤 꽃으로 필까요? 벌써부터 기대가 되어요. **상희**

# 바람 속을 걷는 법 4

그대여, 그립다는 말을 아십니까
그 눈물겨운 흔들림을 아십니까

오늘도 어김없이 집 밖을 나섰습니다
마땅히 할일이 있는 것도 아니었지만
걷기라도 해야지 어쩌겠습니까?
함께 걸었던 길을 혼자서 걷는 것은
세상 무엇보다 싫었던 일이지만
그렇게라도 해야지 어쩌겠습니까?
잊었다 생각했다가도 밤이면 속절없이 돋아나
한 걸음 걸을 때마다 천 근의 무게로 압박해 오는
그대여, 하루에도 수십 번씩 당신을
가두고 풀어 주는 내 마음 감옥을 아시는지요
잠시 스쳐간 그대로 인해 나는 얼마나 더
흔들려야 하는지, 추억이라 이름붙인 것들은
그것이 다시는 올 수 없는 까닭이겠지만
밤길을 걸으며 나는 일부러 그것들을
차례차례 재현해 봅니다. 그렇듯 삶이란 것은
내가 그리워한 사랑이라는 것은
하나하나 맞이했다가 떠나보내는 세월 같은 것
떠날 사람은 떠나고 남을 사람만 남아

떠난 사람의 마지막 눈빛을 언제까지나 떠올리다
쓸쓸히 돌아서는 발자국 같은 것

그대여, 그립다는 말을 아십니까
그 눈물겨운 흔들림을 아십니까

그립다는 말만 들어도 내 가슴이 저려 옵니다.
오늘 저녁엔 그 사람 생각을 안고 근처 공원을 걸어 볼까 합니다. **하나**

아직 어린 나에게는 그리움이라는 단어가 먼 훗날의 이야기처럼 느껴진다.
하지만 내가 그 나이가 되었다면, 그리워할 수 있는 무언가가 있다는 것은
축복이 아닐까. 지금 나의 이 시간이, 앞으로 내가 그리워할 수 있는 시간이기에
더욱 충실이 살아내야겠다. **파란인류**

이제 그만 바람 불었으면…. **경도**

# 비 오는 간이역에서 밤열차를 탔다 1

기차는 오지 않았고
나는 대합실에서 서성거렸다
여전히 비는 내리고 있었고
비옷을 입은 역수만이 고단한 하루를 짊어지고
플랫폼 희미한 가로등 아래 서 있었다
조급할 것도 없었지만 나는 어서
그가 들고 있는 깃발이 오르기를 바랐다
산다는 것은 때로 까닭 모를 슬픔을
부여안고 떠나가는 밤열차 같은 것
안 갈 수도, 중도에 내릴 수도
다시는 되돌아올 수도 없는 길
쓸쓸했다, 내가 희망하는 것은
언제나 연착했고, 하나뿐인 차료를
환불할 수도 없었으므로
기차가 들어오고 있었고
나는 버릇처럼 뒤를 돌아다보았지만
그와 닮은 사람 하나 찾아볼 수 없다
끝내 배웅도 하지 않으려는가
나직이 한숨을 몰아쉬며 나는
비 오는 간이역에서 밤열차를 탔다

삶이 쓸쓸한 간이역 같다.
정해 놓지도 않은 채 나는 어디론가 떠나고 싶다. **동민**

나는 기차를 타 본 적이 없다. 어쩌다 버스와 지하철을 타는 게 고작인 나는
우리 동네를 벗어나는 일이 잘 없다. 그것도 밤늦게는 더욱.
비 오는, 간이역, 밤열차. 내게는 우주정거장, 화성만큼이나 먼 말들이지만
이 시의 분위기, 너무 감미롭다. 외로워야 마땅한 시어들이지만
내게는 그래서 더 신선하다. **수하**

누군가를 남겨 놓고 저만치 멀어지는 기차.
내가 그 기차 속에 몸을 담고 있는지, 아니면 나는 간이역에 남아
떠나는 기차를 향해 손을 흔들고 있는지 잘 모르겠다. **현지**

# 비 오는 간이역에서 밤열차를 탔다 3

낯선 간이역들, 삶이란 것은 결국
이 간이역들처럼 잠시 스쳤다 지나가는 것은 아닐까
어쩌면 스친 것조차도 모르고 지나치는 것은 아닐까
달리는 기차 차창엔 언뜻 비쳤다가
금세 사라지고 마는 밤 풍경들처럼

내게 존재했던 모든 것들은 정말이지
얼마나 빨리 내 곁을 스쳐지나갔는지
돌이켜보면, 언제나 나는 혼자였다
많은 사람들이 내 주변을 서성거렸지만
정작 내가 그의 손을 필요로 할 때는
옆에 없었다 저만치 비켜 서 있었다

그래, 우리가 언제 혼자가 아닌 적이 있었더냐
사는 모든 날이 늘 무지갯빛으로 빛날 수만은 없어서
그래서 절망하고 가슴 아파할 일이
한두 가지가 아니지만
나는 그리웠던 이름들을 나직이 불러보며
이제 더 이상 슬퍼하지 않기로 했다

바람 불고 비 내리고 무지개 뜨는 세상이 아름답듯
사랑하고 이별하고 가슴 아파하는 삶이 아름답기에
밤열차는 또 어디로 흘러가는 것인지…

손 흔들어 줄 거예요. 기쁘게 떠날 수 있도록.
그래야 남아 있던 나도 홀가분히 어디론가 떠날 수 있죠. **민경**

순간순간 겪어 내야 하는 아픔이 있다.
그것을 모르고 싶어 다른 것들로 묻어 버린다는 것은
어리석은 일. 곪으면 터트려야 한다.
빨리 터트릴수록 흉도 빨리 아문다. **미하**

사랑하고 이별하고 가슴 아파하고… 단순한 이야기지만 내 가슴을 울린다.
내가 스치고 지나갔던, 혹은 나를 스치고 지나갔던 것들. **진욱**

# 흔적

칼국수를 먹다가 그대가 생각났습니다 유난히 칼국수를 좋아했던 그대였기에 라흐마니노프의 피아노 협주곡을 듣다가도 그대가 떠올라 눈물 글썽입니다 유난히 그대가 즐겨 듣던 곡이었기에 나는 이제 그대가 좋아하는 음식, 그대가 좋아하는 음악, 그대가 좋아하는 색깔과 모양들을 떠올리기만 해도 눈물이 납니다 이제는 어느덧 그대가 좋아하는 것만이 아닌 내게도 가장 좋아하는 것들이 되어 있는 온갖 것들 그것들이 그대가 떠난 빈자리를 채워 주다가 그대를 더욱 생각나게 하는 추억이 되어 내게 눈물로 다가오기 때문입니다

시인이 내 마음속에 다녀갔나 봐요.
어쩌면 그렇게 내 마음을 잘 알고 있는지.
하나하나가 다 내 이야기 같아요. **상희**

흔적은 상처다. 내 가슴 깊숙이 패인 상처다.
그 상처에서 때론 피보다 진한 눈물이 나온다. **처음처럼**

그대가 좋아하는 것들이 나를 울려요. **민지**

보여 줄 수 없는 사랑

# 절정

가끔 나는 생각해 본다
어쩌면 나는, 너를 떠나보낼 때 너를
가장 사랑한 것이 아니었을까 하고

이별은 내게 있어
사랑의 절정이었다

가장 사랑하던 그 순간
나는 너를 놓았다
내 사랑이 가장 부풀어 오르던 그 순간
나는 외려 풍선처럼 터져 버렸다
잘 가라
나는 이제 그만 살게
손을 흔들어 주진 못했지만
그 순간, 너를 향한 마음이 절정이었음을
절정이 지난 다음엔
모든 게 다 내리막이었다
내 삶도
나의 인생도

무슨 말이 더 필요 있을까, 가장 사랑하던 그 순간 너를 놓았다는데…. **필호**

이별은 내게 있어 사랑의 절정이었다는 말, 격하게 공감한다. **태수**

풍선처럼 터져 버린 그 마음, 생각만 해도 가슴이 찢어질 듯 아파요.
이제 다시는 사랑할 수 없나요? **인희**

# 나무와 잎새

떨어지는 잎새에게
손 한번 흔들어 주지 않았다

나무는 아는 게다
새로운 삶과 악수하자면
미련 없이 떨궈 내야 하는 것도 있다는 것을

이보다 더한 삶의 진리가 어디 있을까. 우리는 수없이 만나고 헤어진다.
거기에 너무 연연해하지 말아야겠다. **상수**

떨쳐 내야 할 것들은 미련 없이… 그래야 내 삶이 가벼워진다. **덕규**

나무도 아팠을 거예요. 손도 흔들어 주고 싶었을 거예요.
그렇지만 그렇게 못하는 그 마음도 더 아팠을 거예요. **혜정**

# 헤어짐을 준비하며 4

울지 마라, 그대여
네 눈물 몇 방울에도 나는 익사한다
울지 마라, 그대여
겨우 보낼 수 있다 생각한 나였는데

울지 마라, 그대여
내 너에게 할말이 없다
차마 너를 쳐다볼 수가 없다

네 눈물 몇 방울에 나는 익사한다.
이 구절에 나는 한참을 멍하게 있어야 했습니다.
너무 가슴이 아파 왔습니다. **민성**

그대를 울게 한 것은 내가 아니라는 것을 어떻게 설명할까요.
우리를 둘러싸고 있는 현실 때문이라고 이야기하면 그대가 울지 않을까요.
변명 같아서, 아무 말도 하지 않는 게 나을 것 같아서
나는 그저 그대가 우는 모습을 묵묵히 바라만 봅니다. **창규**

울지 말아요. 나도 울지 않잖아요. **효정**

# 첫눈

아무도 없는 뒤를 자꾸만 쳐다보는 것은
혹시나 네가 거기 서 있을 것 같은 느낌이 들어서이다
그러나 너는 아무데도 없었다

낙엽이 질 때쯤 나는 너를 잊고 있었다
색 바랜 사진처럼 까맣게 너를 잊고 있었다.
하지만 첫눈이 내리는 지금, 소복소복 내리는 눈처럼
너의 생각이 싸아하니 떠오르는 것은 어쩐 일일까
그토록 못 잊어 하다가
거짓말처럼 너를 잊고 있었는데
첫눈이 내린 지금

자꾸만 휑하니 비어 오는 내 마음에
함박눈이 쌓이듯 네가 쌓이고 있었다

첫눈처럼 너의 마음에 가득 쌓였으면 좋겠다.  **은우**

첫눈은 함박눈이면 좋으리라. 그날 너와 손을 잡고 걸을 수 있다면 더욱 좋으리라.
첫눈이 내리는 날이면 나는 너에게 전화를 걸고 싶어진다. 우리 다시 시작해,
지난 일은 잊고 새롭게 시작해. 그렇게 은근슬쩍 너에게 다가가고 싶다.  **명규**

그 사람을 만난 건 첫눈이 내리는 날이었어요. 영화처럼
그 사람은 내게 왔고, 나는 대번에 그에게 빠져 버렸어요.
인연을 맺게 해 준 첫눈에게 감사해요.  **혜경**

# 슬픔의 무게

구름이 많이 모여 있어
그것을 견딜 만한 힘이 없을 때
비가 내린다

슬픔이 많이 모여 있어
그것을 견딜 만한 힘이 없을 때
눈물이 흐른다

밤새워 울어 본 사람은 알리라
세상의 어떤 슬픔이든 간에
슬픔이 얼마나 무거운 것인가를
눈물로 덜어 내지 않으면
제 몸 하나도 추스를 수 없다는 것을

너무 힘들면 비가 내리듯 견딜 만한 힘이 없을 때 눈물이 흐르는군요.
가슴 깊이 공감합니다. **인순**

오늘, 얼마나 많은 응어리가 졌는지 종일토록 비가 내립니다.
비가 오면 그리운 사람이 많아집니다. 보고 싶어요, 당신. **은영**

눈물 한 움큼 흘리고 나면 개운해져요.
하염없이 눈물 흘리고 그것을 빗물이라 우기기. **예원**

# 기다리는 이유

기다리는 이유를 묻지 말라
너는 왜 사는가

지키지 못할 약속이라도 나는 무척 설레었던 것을
산다는 것은 이렇게 슬픔을 녹여 가는 것이구나

헉! 외마디 비명소리가 났다. 산다는 게 슬픔을 녹여 가는 것이라니. **진영**

내가 살아 있는 이유 중 하나. **영미**

하루하루 설레고 있어요. 당신은 어디 있나요?
오늘 하루가 저물고 있지만 나는 또 내일을 기약해 봅니다.
슬프지 않아요. 그건 진작에 녹아 없어졌거든요. **지윤**

# 그립다는 것은

그립다는 것은
아직도 네가
내 안에 남아 있다는 뜻이다

그립다는 것은
지금은 너를 볼 수 없다는 뜻이다
볼 수는 없지만
보이지 않는 내 안 어느 곳에
네가 남아 있다는 뜻이다

그립다는 것은 그래서
내 안에 있는 너를
샅샅이 찾아내겠다는 뜻이다
그립다는 것은 그래서
가슴을 후벼파는 일이다
가슴을 도려내는 일이다

내 안에 남아 있는 너, 끄집어내려고 해도 끄집어낼 수 없는 너,
너무 깊이 박혀 있어서.  **정현**

나는 오늘도 너를 찾아 헤매나 봅니다.  **좋은 날**

당신을 떠올리면 가슴 한쪽이 싸아한 아픔으로 물드는 것은
다시는 만날 수 없는 까닭이겠지요.
만날 수 없는데 나는 왜 당신을 잊지 못할까요?  **목련**

# 북극성

나 혼자만 지쳐 있는 것 같습니다 당신은 아무렇지도 않은 듯 가만히 있는데 나 혼자만 아파하고 나 혼자만 애태우는 것 같습니다 그럴 거라면 차라리 내 앞에 나타나질 말든지

당신, 언제까지 그렇게 한 발짝도 움직이지 않을 건가요 입 다물고 만 있지 말고 무슨 대꾸라도 좀 해 봐요 정말로 나를 사랑하긴 하는 건가요

정말 너에게 따져 묻고 싶다, 나를 사랑하긴 하느냐고. **엘칸드로**

예전에 가수 강타를 좋아했었다. 강타의 앨범 중 '북극성'이 있었고, 그 앨범에 이 시가 수록되어 있었다. 꼭 내 마음 같아서 가슴 아프게 읽었고, 한때의 추억이 어려 있는 시라 지금까지도 기억하고 있다. **영혜**

멀리서 찬란하게 빛나는 별. **하늘**

# 갑자기 눈물이 나는 때가 있다

길을 가다 갑자기 눈시울이 뜨거워지는 때가 있다 따지고 보면 별일도 아닌 것에 울컥 목이 메어 오는 때가 있는 것이다 늘 내 눈물의 진원지였던 그대

그대 내게 없음이 이리도 서러운가 덜려고 애를 써도 한 줌도 덜어 낼 수 없는 내 슬픔의 근원이여, 대체 언제까지 당신에게 매여 있어야 하는 것인지 이젠 잊었겠지 했는데도 시시각각 더욱 눈물로 다가오는 걸 보니 내가 당신을 사랑하긴 했었나 보다 뜨겁게 사랑하긴 했었나 보다

눈물이 많아졌어요. 당신이 내게 준 선물치곤 참 가혹하네요. **예슬**

손수건을 지니고 다녀야겠다, 갑자기 눈물이 나는 걸 대비해서. **경욱**

눈가가 화끈거리면 당신 생각이 났다는 뜻일 거야. **도선**

# 낮고 깊게

묵묵히 사랑하라
깊고 참된 사랑은 조용하고
말이 없는 가운데 나오나니
진실로 그 사람을 사랑하거든
아무도 모르게
먼저 입을 닫는 법부터 배우라
말없이 한 발자국씩

그가 혹시 오해를 품고 있더라도
굳이 변명하지 마라
그가 당신을 멀리할수록
차라리 묵묵히 받아들이라
마음 밑바닥에 스며드는 괴로움은
진실로 그를 사랑하고 있기 때문이니
그가 당신을 멀리할 때는
차라리 조금 비켜 서 있으라
그대 사랑을 받아들이지 않는 그를 위해
외려 두 손 모아 조용히 기도하다 보면
사랑은
어디 먼 곳이 아니라 바로 당신의
마음속에 있음을 깨닫게 될 것이다

이 시를 진작 알지 못한 것이 후회된다.
그녀와 헤어진 것이 다 내 잘못인 것을 알겠다.
내가 너무 욕심을 부렸던 거야.  **향신**

내 마음에 잔잔한 평화가 스며드는 것 같아요.
이 시는 프린트해서 가장 잘 보이는 곳에 붙여 놓고 싶어요.  **은미**

자꾸 당신에게서 사랑을 찾으려고 했던 나를 용서해 줘.
사랑은 내 안에 있다는 것을 난 까맣게 몰랐어.  **준영**

# 너를 보내고

너를 보내고, 나는 오랫동안
아무 말도 하지 못했다
찻잔은 아직도 따스했으나
슬픔과 절망의 입자만
내 가슴을 날카롭게 파고들었다
어리석었던 내 삶의 편린들이여
언제나 나는 뒤늦게 사랑을 느꼈고
언제나 나는 보내고 나서 후회했다
그대가 걸어갔던 길에서 나는 눈을 떼지 못했고
아무 생각도 하지 않고 그저 바라보기만 했는데
툭 내 눈앞을 가로막는 것은
눈물이었다
한 줄기 눈물이었다
가슴은 차가운데 눈물은 왜 이리 뜨거운가
찻잔은 식은 지 이미 오래였지만
내 사랑은 지금부터 시작이다
내 슬픔, 내 그리움은
이제부터 데워지리라
그대는 가고
나는 갈 수 없는 그 길을
나 얼마나 오랫동안 바라보아야 할까

안개가 피어올랐다
기어이 그대를 따라가고야 말
내 슬픈 영혼의 입자들이

떠나가는 그대 뒷모습, 아직까지도 잊지 못하고 있어요. **길녀**

붙잡고 싶었으나…. **여명**

떠나고 나서 사랑을 느끼면 무엇 하나. 그러나 나 역시 항상 그랬다.
내게 없어지고 나서야 소중함을 깨달으니.
나 같은 인간은 사랑할 자격이 없다. **범수**

# 보여 줄 수 없는 사랑

그대 섣불리 짐작치 마라
내 사랑이 작았던 게 아니라
내 마음의 크기가 작았을 뿐
내 사랑이 작았던 게 아니라
그대가 본 것이 작았을 뿐

하늘을 보았다고 그 끝을 본 건 아닐 것이다
바다를 보았다고 그 속을 본 건 아닐 것이다
속단치 마라, 그대가 보고 느끼는 것보다
내 사랑은 훨씬 더 크고 깊나니

보여 줄래야 보여 줄 수 없는
내 깊은 속마음까지 다 보지 못하고
그대 나를 안다고 함부로 판단치 마라
내 사랑 작다고 툴툴대지 마라
보이는 게 전부가 아니니

마음이 작다고
어디 사랑까지 작겠느냐

그 사람에게 꼭 보여 주고 싶은 시다.
자기가 본 것만 믿으려 하는 그 사람에게. **유란**

가만있자, 어쩌면 나도 그의 마음을 잘 보지 못한 건 아닌지 모르겠다.
내 마음을 알아 달라고만 투정부렸지 정작 나는
그의 마음을 보기 위해 애쓴 게 무엇이 있나. **명희**

깊은 속은 눈으로 보이지 않는다. 마음으로 봐야 보인다. **형석**

# 불쑥 너의 기억이

　지하철 2호선을 타면 네가 있는 곳을 지나친다 너와 함께 보던 영화관도 지나치고, 네가 즐겨 가던 커피숍도 지나치고, 네가 기웃거리던 옷집도 지나치고, 값은 싸면서도 푸짐했던 갈비집도 지나친다 너를 잊겠다 생각하고 또 생각했는데 이렇게 너에 대한 기억은 복병처럼 불쑥 튀어나와 내가 어디에 있건 무엇을 하건 너를 떠올리게 해 한참을 서성거리게 한다 그렇다고 내가 지하철을 타지 않을 순 없지 않느냐 너에 대한 기억의 빌미는 세상 도처에 깔려 있는데 그걸 다 피해 다닐 순 없지 않느냐 불쑥 너의 기억이 떠오르면 나는 세상 모든 것이 다 원망스럽다

너의 기억

너의 기억이 불쑥 떠오른다는 건 아마도 너를 잊으려 애썼기 때문일 거야.
나는 왜 너를 잊으려고 할까? 미치겠어. 네가 떠오르면 난 괴롭고 힘이 들어.
당장이라도 너에게 달려가고 싶어.  **현준**

그동안 당신과 참 많은 시간과 공간 속에 있었다는 게 새삼 느껴지네요.  **혜원**

두 눈을 꼭 감아도 당신이 보여요.  **소희**

# 유성

더 이상 기다릴 수 없었던 어떤 별은
마지막으로 선택하지 않을 수 없었다
제 몸을 다 불태워서라도
누군가에게 건너가는

그 별을 보면 숙연해지지 않을 수 없다
한순간, 누군가에게 당도하기 위해
자기의 모든 것을 소멸했던 별
그래, 나는 언제 내 모든 것을 바쳐
너에게 당도하려 했던 적 있던가
밤하늘의 유성, 그 장엄한 최후를 보면
내 자리는 끝내 지키려고 했던 내가
못내 부끄러웠다, 내 것은
티끌 하나라도 버리지 않으려고 했던
내가 몹시 부끄러웠다

아, 나는 내 몸을 불태워서라도 그 사람에게 다가가기 위해
애를 써 본 적이 있었던가. **상출**

저 또한 부끄러웠습니다. 그가 다가오기만을 기다리고 있었던 제가. **선미**

유성을 보면 소원을 빌라고 했던 어머니의 말이 생각났어요.
왜 그러셨는지 이젠 그 까닭을 알 수 있을 것 같아요. **민경**

# 도둑고양이

나는 어둠에 익숙했다
외로움과 익숙하고 쓸쓸함과 친하다
밝고 사람이 많은 데는 왠지 거북한 것이다
사실은 내가 그 속에서 할 수 있는 일이
아무것도 없는 것 같아서
내겐 차라리 어둠이 나았다
희붐하게 밝아 오는 여명 속에
나 혼자 덩그렇게 비춰지는 게 싫었다
날이 밝아 온다고 해서 내가
도대체 무엇을 할 수 있을 것인가
그대여, 이런 나의 심약함을 욕하지 마라
날이 밝을수록 더 움츠러드는 것은
너를 사랑하고서부터 비롯된 것이니
이런 사실까지 너는 까맣게 모르겠지만
도둑고양이처럼 밤새 살금살금 너를 훔쳐보다
날이 밝으면 후딱 돌아와 시치미를 떼는 내 마음은
너로부터, 너를 사랑하고부터 비롯된 것이다
나를 밀어내는 건 네 마음대로 할 일이지만
그렇다고 이런 나를 욕하진 마라
내가 할 수 있는 일은 이것뿐이니
아침 해가 뜨면 나는 또 절망한다

나는 도둑고양이다. 사람들을 피해 다닌다.
어둠과 외로움과 쓸쓸함에 익숙하다. **길고양이**

혼자라는 게 싫지만 사람은 어쩔 수 없이 혼자다. **몽상가**

도둑고양이처럼 살금살금 기어가서 그에게 간다면 그는 깜짝 놀라겠지요.
시인의 발상이 참 재미있어요. **연정**

# 어느 횡단보도에서 당신을 만났다

1
파란불이 켜졌지만 나는 멈춰 서 있었다
당신의 시선이 나를 향했는지는 모를 일이지만
건너편에서 걸어오는 사람은 분명 당신이었다
이런 날이 있기를 나는 얼마나 고대했던가
우연하게 만나지기를, 제발 우연하게…
그러면 우리 사랑의 불씨가 다시 지펴질 것도 같았다
당신이 마땅히 수긍하고 받아들여야 할 운명처럼

내게로 오라, 나는 조용히
당신에게 주문을 걸었다

2

그러나 나는 서툰 마법사였다
사랑하는 법은 알고 있었지만
그 사랑이 떠나지 않게 하는 법을 몰랐던 나는
모자에서 꺼내 비둘기를 날려 보내기만 했지
돌아오게 하는 법을 몰랐던 햇병아리 마법사였다
당신이 나를 지나쳐 저만치 멀어졌을 때
신호가 바뀌고 자동차가 몰려오기 시작했다

오도 가도 못하는 횡단보도에
나만 혼자 서 있었다

정말 신기해요. 저에게도 이 시와 똑같은 상황이 있었거든요.
횡단보도 건너편에 서 있는 그 사람을 보았는데 차마 부르진 못하겠더라고요.
그는 나를 보지 못했는지 그냥 지나쳐 갔는데 어찌나 슬프던지. **미나**

우연하게라도 한번 만났으면, 그러나 그런 우연은 아직 내겐 없었다. **수철**

사랑엔 누구나 서툰가 봐요. 다시 해도 서툴 거예요. **현경**

# 양수리에서

각자 사랑하라
둘이서 하려 하지 말고
혼자서 사랑하라

그에게 맞추려 하지 말고
강요도 하지 말고
자기 방식대로 사랑하라

어느 날 샘처럼 솟아난 사랑
저대로 흘러가게 내버려 둬라
잔잔히 일렁이다 굽이도 돌고
잠시 바위에 막혀 고여 있기도 하다가
때로 폭포로 떨어지기도 하겠지만

그렇게 홀로 길을 가던 각자의 사랑은
언젠가는 만나 하나의 사랑으로 이어지나니
처음부터 왜 하나면 안 되느냐고
조바심치고 불평하는 사람은
햇볕 좋은 날을 골라
양수리행 기차를 타 보라

거기 북한강과 남한강이
어떻게 합쳐지는지
먼 길 하염없이 달려온 그 두 강이
어떻게 하나가 되는가를

보고 또 보라
그렇게 하나되어 흘러가는 강의 물줄기는
또 얼마나 아름다운 동행인가를

정말 꼭 가 봐야겠어요. 양수리행 기차를 타고. **민지**

가끔 두물머리에 가요.
두 물이 하나로 합쳐져서 흘러가는 광경은 언제 보아도 아름다워요. **은영**

그녀와 내가 자주 다투는 이유를 이제 알겠네요.
이제 보니 나는 내 식을 너무 고집했던 것 같아요. **하연**

# 혼자

부는 바람이야
스쳐지나가면 그뿐
남아 흔들리던 나는
혼자 울었다

산다는 건 그렇게
저 혼자 겪어 내야 하는 일이다
모든 걸 저만치 보내놓고
혼자 가슴을 쓸어내리고
혼자 울음을 삼키며
혼자 하는 그 모든 것에
조금씩 익숙해지는 일이다

흔들리되 주저앉지는 마라
손 내밀어 줄 사람 아무도 없으니
혼자 일어서려면
참 힘겹고도 눈물겨우니

그런가요? 결국 혼자인가요?
이 시를 읽으니 나도 모르게 눈물이 납니다. **채희**

주먹을 불끈 쥐어야겠다. 더 독하게 마음을 먹어야겠다. **인석**

혼자 가는 길, 주변의 경치라도 아름다웠으면…. **승준**

# 4 PART

가난한 사랑을 위한 시

# 봄비

웬 비가 저리도 내리는가
꽃잎 지듯 마음 졌다
단단히 다잡았던 마음
다 허물어졌다

울지 마라
울지 마라
그렇게 흔한 눈물로
이 세상 어찌 사누

내 마음을 울려 주는 봄비,
봄비가 내리면 정말 나는 마음의 갈피를 잡지 못해요.  **상희**

이제 눈물은 그칠래요. 대신 봄비가 내려주고 있잖아요.  **민경**

언젠가 울컥 눈물이 쏟아질 때가 있었죠. 그때 엄마가 제게 말했어요.
그렇게 약한 마음으로 어떻게 세상을 살아 나가겠느냐고.  **상철**

# 눈 내리는 겨울밤, 꿈의 형상학

1
어느 누가 아름다운 꿈 꾸지 않으리
내 이런 불면의 밤에도
속절없이 눈은 내린다
씨팔씨팔 잠도 없이 흩날리며
내린다는 것은
늘 목숨처럼 가엾고도 아름다운 일이었지

누가 죽었길래 이토록 폭설이 내리는 것일까
그리하여 그대 태어난 기슭으로 돌아갈 것이지만
이 시대의 한 끄트머리는 늘 메마르다
누구는 바람부는 날의 풀잎처럼 흔들리며 사랑하며
쉽게 살아가라고 말하지만 눈발이여
지금은
슬픔을 슬퍼하고 아픔을 아파할 때가 아니다
말해 주마 눈발이여
내게도 한때는 행복한 시절이 있었노라고
행복에 겨워
운명조차 잊고 있었던 때가 많았노라고
수정되고 수정되어 불투명한 우리들의 꿈
끝으로 갈수록 왜 이렇게 우울해야 하는 것인지
동전 소리만 짤랑짤랑 꿈속을 가득 채우는 것인지

생각하는 불면의 밤이 깊어질수록
돌아가고 싶었다 유년의 그 향기롭던
크레용 냄새 속으로
한 조각 크레용이 되어 문드러지고 싶었다

2
또다시 생애의 불꽃들이 하염없이 젖고
언 땅속에 박혀 있는 흰 뿌리들만이
부활을 꿈꿀 수 있을 때
살 속에 뼈를 묻고 낮게 엎드려 있는 땅
그 싸늘한 입김 속에서 새 한 마리
어디론가 날아가고 있었다
새가 찾는 그리운 땅은 어디에 있을까
그 안식의 땅도 눈발에 젖고 있는지
지상의 어디에도 새의 발자국은 찍혀지지 않고
울음소리만 어둠으로 가라앉고 있었다

3
내린다에 대해 눈은 얼마나 평등할가
내리는 흰 눈 사이 그 작은 거리가 만드는 어둠

지워 버릴 듯 지워 버릴 듯 눈이 내리고 있었지만
실상 허우적거리는 것은 우리들뿐이었다
이렇게 폭설이 내리다 보면 이 땅은
하나의 커다란 무덤이 될지도 모르는데
숨구멍을 틔워 줄 사람은 늘 결석한다

-눈은
죽은 사람의 상처를 감싸 주지만
지나온 핏자국만은 남겨 두고 싶었다

4
살아 숨쉬는 자의 발자국 소리를 듣고 싶다
어둡고 깊은 잠에 취해 있는 온갖 것들을 깨워
쉬임 없이 흘러가게 할 채찍 소리가 듣고 싶다
죽은 자들이여, 녹슨 시간의 수레바퀴들이여
눈 내리는 불면의 밤
그대 지워진 이름들을 부르면 나는 왜
늘 목이 마르는가

무언가는 잘 모르겠지만 큰 울림이 있다. 머리를 크게 맞은 기분이다. **길수**

잘 지내지? 아무 말 없이 사라진 나를 너는 얼마나 원망하고 있을까.
우리는 서로에게 차곡차곡 쌓여 간다고만 생각했지,
녹고 난 후의 질퍽함을 예상하지 못했던 것 같아.
첫사랑이란 것이 다 그렇지. 모든 것이 아름답고 하얗게만 보이는.
친구들을 통해 소식을 들었어. 복학 후에도 여전히 웃지 않는다고.
그늘진 채 내 향기만 찾고 있다고.
준영아, 나는 이제 없어. 네 곁에도, 네 세상에도.
네가 웃지 않는 건 너의 자유겠지만,
그로인해 내게 다른 소식들이 전해지지 않았으면 해, 부디. **현주**

시인의 문단 데뷔작을 여기서 만나니 반갑기 그지없다.
시인의 젊은 시절은 어떠했을까?
이런 시를 쓰게 된 동기는 무엇인지 꼭 물어보고 싶다. **준영**

# 허수아비 1

혼자 서 있는 허수아비에게
외로우냐고 묻지 마라
어떤 풍경도 사랑이 되지 못하는 빈 들판
낡고 해진 추억만으로 한세월 견뎌 왔느니
혼자 서 있는 허수아비에게
누구를 기다리느냐고도 묻지 마라
일체의 위로도 건네지 마라
세상에 태어나
한 사람을 마음속에 섬기는 일은
어차피 고독한 수행이거니

허수아비는
혼자라서 외로운 게 아니고
누군가를 사랑하기에 외롭다
사랑하는 그만큼 외롭다

요즘 보기 힘든 허수아비. 그러나 늘 내 맘속에
허수아비처럼 쓸쓸하게 서 있는 그 누군가가 있었다. **필기체**

그랬었지요. 어떤 사람을 만나고, 그 사람을 바라보면서부터 나는 늘 외로웠었지요.
그는 내게 눈길 한 번 안 줬으니까. **민영**

나를 허수아비처럼 사랑해 주었던 사람이 있었다.
그의 우직함이 초라함으로 느껴져 오랫동안 외면했지만
지금은 그 누구보다 듬직하게 내 곁을 지켜 주고 있다.
나만의 허수아비, 늘 고마워요. **아영맘**

# 눈이 멀었다

어느 순간
햇빛이 강렬히 눈에 들어오는 때가 있다
그럴 때면 아무것도 보이지 않게 된다
잠시 눈이 멀게 되는 것이다

내 사랑도 그렇게 왔다
그대가 처음 내 눈에 들어온 순간
저만치 멀리 떨어져 있었지만
나는 세상이 갑자기 환해지는 것을 느꼈다
그러고는
아무것도 보이지 않았다

그로 인해
내 삶이 송두리째 흔들리게 될 줄
까맣게 몰랐다

답이 정해져 있었기에 더 눈을 질끈 감아 버렸다.
결국 눈을 뜨지 못한 채 눈물을 흘려야 했지만. **동원**

너로 인해 내 모든 게 송두리째 흔들릴지라도
나 결코 너를 사랑하는 맘 포기하지 않을래. **승희**

너를 처음 본 순간, 그때가 기억나. 세상이 온통 내 것만 같았던 그때가.
그 순간이 멈추었으면 좋겠다고 생각했지만
세상은 내 생각대로 되진 않았지. **초록별**

# 사랑의 우화

내 사랑은 소나기였으나
당신의 사랑은 가랑비였습니다
내 사랑은 폭풍이었으나
당신의 사랑은 산들바람이었습니다

그땐 몰랐었지요
한때의 소나긴 피하면 되나
가랑비는 피할 수 없음을
한때의 폭풍이야 비켜 가면 그뿐
산들바람은 비켜 갈 수 없음을

가끔씩 찾게 되는 시랍니다.
잊을 만하면 떠올리게 되는 그 사람처럼.  **소영**

절묘하다고 생각했어요. 어쩌면 이렇게 내 마음을 잘 표현했는지.
소나기와 가랑비, 폭풍과 산들바람.
그래요, 그를 만나고서부터 내 가슴엔 바람 잘 날 없었어요.  **기린**

비 그치길 기다렸고, 바람이 멈추길 기다렸으나….  **영재**

## 소중한 까닭

　세상에는 수많은 사람들이 있다 그러나 그중에서도 당신이 내게 가장 소중할 수밖에 없는 것은 당신과 내가 함께 나누었던 그 시간들이 소중하기 때문이다 당신을 생각하느라 지새운 밤이 내게는 너무도 소중한 까닭이다

물론이다. 너무나 잘 아는 이야기지만 새삼 고개를 끄덕이게 했다.
'창작은 발명이 아니라 발견'이라는 시인의 주장에 동의한다. **경수**

「어린왕자」의 한 대목이 떠오른다.
작가 나름대로 담담히 풀어놓은 이 시가
나를 한참이나 멍하게 했다. **잎새 하나**

그래요. 돌이켜보면 행복하고 아름다운 시간이었지요.
그 시간들이 있어 내 삶은 이만큼 올 수 있었고요.
그 시간들을 있게 해 준 당신에게 감사해요. **혜민**

# 창문과 달빛

그대는
높은 담장 안
창문입니다
거대한 벽 앞에
발 부르트던
나는
부르지 않아도
그대 곁에 다가가는
달빛입니다

눈에 보이는 듯해요, 담을 넘어 창문을 기어오르는 달빛이.
부르지 않았는데도 늘 내 창가에서 나를 보고 있는 듯한 그 사람의 눈빛이.  **미경**

다가가고 싶었지만 다가갈 수 없었다. 그 이유가 내겐 아픔이었고,
먼발치에서 너를 보고 있는 슬픔이었다.  **상민**

돌이라도 던져 보지. 나는 언제나 네게 내려 줄 밧줄을 준비하고 있었는데.  **세희**

# 네 마음의 비밀번호

너는 잊었겠지만
난 기억해

한 번도 난
네 가슴에 들어가지 못했어
처음부터 넌 다른 사람을
마음에 담고 있었으므로

우연히, 네 통장의 비밀번호가
그 사람의 생일과 같다는 것을 알았어
네 마음의 금고가 그 사람으로 인해
닫혀 있었다는 것도

그래서 내가
들어설 자리가 없었구나

저도 그랬어요. 제 모든 비밀번호도 그 사람의 생일로 해둔 적 있었어요.
지금은 모두 바뀌어 있지만. **세희**

다른 사람을 사랑하는 그 사람을 사랑하는 일만큼
세상에서 비참하고 슬픈 일이 더 있을까요? **경립**

얄궂은 운명인지 알면서도 난 어쩌면 그를 지극히 사랑했나 봐요.
수십 년의 세월이 지난 후에도 그 생각만 하면 가슴이 저려 오니. **이안**

# 마음

그에게 자꾸 보여 주고 싶었다
보이는 것보다 보여지지 않는 것을

앗, 들키고 싶지 않았는데…. **민수**

'왓 위민 원트'라는 영화가 있었다.
여자의 마음을 들을 수 있는 능력을 가진 한 남자의 이야기.
하지만 누군가의 마음을 죄다 알 수 있다는 것도
그다지 행복한 일이 아님을 알았다.
마음은 볼 수 없기에, 가질 수 없기에 더 소중하다는 것을. **연실**

당신이 내 안의 마음을 볼 수 있는 눈을 가지길 진정으로 바라요.
마법의 눈이 아니라도 좋아요. 그저 조용히 바라보면 충분히 볼 수 있거든요. **윤희**

# 별 1

밤하늘엔 별이 있습니다
내 마음엔 당신이 있습니다

새벽이 되면 별은 집니다
그러나 단지 눈에 보이지 않을 뿐
별은 없어지는 것이 아니라는 것
당신은 아시나요?

그대를 만나고부터 내 마음속엔
언제나 별 하나 빛나고 있습니다

얼마나 예쁜 시인지···. **도현**

까만 밤하늘에 떠 있는 별 하나. 초롱초롱한 별빛.
내 마음을 영원히 비춰 주기를 간절히 소망합니다. **예린**

노래처럼 들려옵니다. 당신이 내게 불러 주는 노래처럼. **상민**

# 봄을 맞는 자세 1

봄이 왔다고
소란 떨지 마라
지천에 널리고 널린 꽃무리 예쁘다고
호들갑 떨지 마라

그전에 잠시 묵념할 것
무사히 지난겨울을 나게 해 준
것들에 대해

고마웠다고 손 흔들어 줄 것
봄이 오기까지 우리를 따스하게 해 준
모든 것들에 대해

인간의 마음이란 얼마나 얄팍한가. 봄이 왔다고 지난겨울을 금세 잊다니. **바위섬**

생각해 보니 고마운 일들이 많다. 지금의 내가 있기까지 묵묵히 내 곁에 있어 주고
나를 도와준 사람들, 그분들의 은혜를 하마터면 잊을 뻔했다. **인환**

예쁘게 손 흔들어 줘야죠. 잘 가, 다시 또 와, 하며. **상미**

# 봄을 맞는 자세 2

봄이 와서 꽃 피는 게 아니다
꽃 피어서 봄이 오는 것이다

긴 겨울 찬바람 속
얼었다 녹았다 되풀이하면서도
기어이 새움이 트고 꽃 핀 것은

우물쭈물 눈치만 보고 있던
봄을 데려오기 위함이다

골방에 처박혀 울음만 삼키고 있는 자여
기다린다는 핑계로 문을 잠그지 마라
기별이 없으면 스스로 찾아 나서면 될 일
멱살을 잡고서라도 끌고 와야 할 누군가가
대문 밖 저 너머에 있다

내가 먼저 꽃피지 않으면
내가 먼저 문 열고 나서지 않으면
봄은 오지 않는다
끝끝내 추운 겨울이다

그랬었군요. 제가 꽃 피지 않으니 그렇게 바라던 봄이 오지 않았군요.
봄은 그냥 오는 걸로만 알고 있었는데…. **인숙**

어서 데려와야겠어요.
대문 밖에서 들어오지 못하고 우물쭈물하고 있는 그 사람을. **형순**

깨달음을 주는 시다. 내가 원하는 그것들을 위해 나는 무엇을 했던가. **창규**

# 그대가 생각났습니다

햇살이 맑아 그대가 생각났습니다
비가 내려 또 그대가 생각났습니다
전철을 타고 사람들 속에 섞여 보았습니다만
어김없이 그대가 생각났습니다
음악을 듣고 영화를 보았습니다만
그런 때일수록 그대가 더 생각났습니다
그렇습니다 숱한 날들이 지났습니다만
그대를 잊을 수 있다 생각한 날은 하루도 없었습니다
더 많은 날들이 지나간대도
그대를 잊을 수 있으리라 생각하는 날 또한 없을 겁니다
장담할 수 없는 것이 사람의 일이라지만
숱하고 숱한 날 속에서 어디에 있건 무엇을 하건
어김없이 떠오르던 그대였기에
감히 내 평생
그대를 잊지 못하리라 추측해 봅니다
당신이 내게 남겨 준 모든 것들
그대가 내쉬던 작은 숨소리 하나까지도
내 기억에 생생히 남아 있는 것은
아마도 이런 뜻이 아닐는지요
언젠가 언뜻 지나는 길에라도 당신을 만날 수 있다면
스치는 바람 편에라도 그대를 마주할 수 있다면

당신께
내 그리움들을 모조리 쏟아부어 놓고, 펑펑 울음이라도…
그리하여 담담히 뒤돌아서기 위해서입니다
아시나요, 지금 내 앞에 없는 당신이여
당신이 내게 주신 모든 것들을 하나 남김없이
돌려주어야 나는 비로소
홀가분하게 돌아설 수 있다는 것을
오늘 아침엔 장미꽃이 유난히 붉었습니다
그래서 그대가 또 생각났습니다

유난히 장미가 붉은 날이 있습니다. 내 마음도 피처럼 붉게 물든 날. **미영**

내 살아생전엔 그대가 생각나지 않은 날 없겠지요. **한별**

무엇으로 지울까? 이제 그만 생각하고 싶은데…. **충현**

# 가로등

언제부턴가 내 가슴속엔 가로등이 하나 켜져 있었지요. 대낮에도 꺼지지 않았고, 내 삶의 중심에서 골목길까지 훤히 비추는 어떤 때는 전기가 들어오지 않아 내 심장의 피로 불 밝히는 때도 있었지요

심장의 피로 불을 밝히다니 아, 정말 너무 아파요. **초록별**

골목길의 가로등, 이 시를 읽고 난 뒤 한 번 더 쳐다보게 되었답니다. **윤한**

고맙게도 당신은 아직도 그 자리에서 나를 밝혀 주고 있었군요. **현경**

# 간격 2

별과 별 사이는
얼마나 먼 것이랴
그대와 나 사이
붙잡을 수 없는 그 거리는
또 얼마나 아득한 것이랴

바라볼 수는 있지만
가까이할 수는 없다
그 간격 속에
빠져 죽고 싶다

시인의 사랑은 얼마나 깊었을까 생각해 본다.
빠져 죽어도 좋을 만큼의 그 깊이. 새삼 아프다. **지영**

바라볼 수는 있지만 가까이 갈 수 없는 그 마음,
차라리 눈에 보이지 않는다면 체념이라도 할 텐데…. **유하**

별을 바라보는 날이 더 많아졌다.
그녀는 내게 눈길 한 번 주지 않는데 나는 언제까지 이래야 하나.
유성이라도 될까. 가까이 당도하기 전에 사라지고 말 것이지만
그래도 한 번 쳐다봐 주진 않을까. **상훈**

# 부치지 못할 편지

부치지 못할 편지를 씁니다
거기서나마 나는
내 목마른 사랑을 꽃피웁니다
비로소 사랑한다고 사랑한다고
마음껏 말해 봅니다
누가 보면 미쳤다고 하겠지만
어찌합니까
미치지 않고선 사랑을 할 수 없는데

그대여, 그대를 만나고서부터
내 눈엔 그대밖에 보이지 않습니다

지금은 스마트폰 시대지만 예전엔 편지도 참 많이 썼다.
그 가슴 아픈 사연을 쓰느라 밤은 또 얼마나 많이 지새었는지.
써 놓고도 끝내 전해 주지도 못할 그런 편지를. **규덕**

눈꺼풀이 씌었다고들 하죠. 누가 뭐래도 잘 벗겨지지 않는 그 눈꺼풀.
'나'란 눈꺼풀이 누구에게도 좀 안 씌워지나. **귀염공주**

나 혼자서 하는 고백. 그 속에서 나는
마음껏 너를 사랑하고 너를 그리워하고 이별한다. **미추**

# 가난한 사랑을 위한 시

내 너에게 해 줄 건
아무것도 없지만

가난하기 때문에
너만 볼 수 있다는
가난하기 때문에
나만 보여 줄 수 있다는
보잘것없는 변명

미안하다 그대여
가진 게 너무 없어서

눈물밖에 줄 수 없는
이내 사랑이

너만 볼 수 있다는

'가난한 사랑을 위하여'라는 신경림 선생님의 시가 생각난다.
사랑하는 사람은 왜 모두가 가난한지 안타까운 일이다.  **길수**

가난은, 가난하기 때문에 진실하다는 장점이 있다.  **수진**

가진 게 너무 없지만 세상 모두를 주고 싶어 하는 시인의 마음이
애처롭고도 절박하게 느껴진다.  **명희**

# 누군가를 원하고 있기에

어디에나 바람은 분다
사람의 가슴속에서 부는 바람은
누구를 향한 갈망이 아닐까
누군가를 원하고 있기에
내 안에서 이는 흔들림
기어이 등을 떠밀려
한자리에 못 앉아 있게 하는

바람이 불었다
언젠가 스쳐지나간다는 것을 알았기에
그 안에 난
내 모든 것을 풀어놓았다

바람이었다. 내 안에서 이는 바람이었다.
그 바람으로 인해 나는 날마다 너에게로 간다. **성민**

한순간의 만남이었지만 나는 당신을 잊지 못했어요.
다시 만날 날 있을 거라고 믿는 건 나만의 생각일까요?
어찌하면 당신을 자연스럽게 만날 수 있을지 그 고민으로 하루하루를 보내요. **미희**

나 당신 사랑하면 안 되나요?
물을 것도 없이 이미 난 당신을 사랑하고 있나 봐요. **윤옥**

# 5 PART

## 내가 당신을 사랑하는 것은

# 창가에서 2

비 갠 오후
햇살이 참 맑았는데

갑자기 눈물이 났습니다
세상이 왜 그처럼 낯설게만 보이는지

그대는 어째서
그토록 순식간에 왔다 갑니까

지나고 보니 다 한순간이었어요.
영원이란 관점에서 보면 우리네 삶도 한순간이 아닐지.
지금은 햇볕 잘 드는 창가에 서 있고 싶네요.  **길수**

지나간 인연의 그 허전함이 제가 생각한 것보다 거대할 때면
하루가 무의미할 만큼 슬퍼져요. 그런 경험이 몇 번 있었음에도 불구하고
비도 오고 이 글도 읽고 하니 지나간 사람이 계속 생각나요.  **지윤**

기쁨, 즐거움, 행복은 짧게 스쳐지나가는 것 같아요.
잘 간직했다가 그 기운과 기분을 꺼내 보며 살아가는 건 아닌지….  **수진**

145

# 낙엽의 변

한동안 매달려 있었다
이제 잡은 손을 놓겠다
너를 벗어나야 나는
잠시나마 비상할 수 있었음을

미안해하지 마라
네가 나를 버린 것이 아니라
내가 너를 떠난 것이다

미련은
서로에게 짐만 될 뿐이니

헤어짐이 있어야 자유롭다
나는 너에게
너는 나에게

그래요, 네가 나를 떠난 것이 아니라 내가 너를 버린 것이라도 생각하겠어요.
그래야 서로 편하지 않겠어요?  **효진**

매달려 있겠다고 안간힘을 써 봤자 결국엔 떨어지고 말 것을.
지금 생각해 보면 참 어리석었어요.
그래도 그땐 그게 최선이라고 생각했기에.  **미애**

너를 떠나 훨훨 날아가겠다,
너 또한 나를 잊고 새잎으로 치장할 준비를 하렴.  **준수**

147

# 이 아침

커피 물을 끓이는 시간만이라도
당신에게 놓여 있고 싶었습니다만
어김없이 난 또 수화기를 들고 말았습니다
사랑에 대해 많은 생각을 한 요 며칠
그대가 왜 그렇게 떠나갔는지
왜 아무 말도 없이 떠나갔는지
그 이유가 몹시 궁금했습니다
어쩌면 내가 당신을 너무 사랑한 것이 아닐까요
잠시라도 가만히 못 있고 수화기를 드는
커피 물을 끓이는 순간에도 당신을 생각하는
내 그런 열중이 당신을 너무 버겁게 한 건 아닐까요
너무 물을 많이 줘서 외려 말라 죽게 한
저 베란다의 화초처럼
여전히 수화기 저편에서는 아무런 대답이 없고
늘 그런 것처럼 용건만 남기라는 낯모를 음성에
나는 아무 할말도 못하고 머뭇거립니다
그런 순간에 커피 물은 다 끓어 넘치고
어느덧 새카맣게 타들어 가는 주전자를 보며
어쩌면 내 그런 집착이 내 마음을 태우고
또 당신마저 다 타 버리게 했는지도
모르겠다는 생각을 했습니다

물은 새로 끓이면 되지만
내 가슴을 끓게 만들 사람은
당신 말고는 다시없을 거란 생각에
당신이 또 보고 싶어졌습니다
내 입에 쓰게 고여 오는 당신
나랑 커피 한잔 안 하실래요?

그대와 커피 한잔 나눌 수 있다면 얼마나 행복할까요? **상애**

어쩌면 내가 당신을 너무 사랑한 것이 아닐까요, 그 구절이 나를 울립니다. **명수**

집착이 나를 태우고 당신을 태운다니, 정말 그런 것 같다.
무심에서 나오는 평온한 아침을 맞고 싶다. **인규**

# 사랑한단 말은 못해도

사랑한단 말은 못해도
보고 싶었다는 말은 해야지

보고 싶었다는 말은 못해도
생각이 나더란 말은 해야지

생각이 나더란 말은 못해도
보고 싶었다는 말은 못해도
사랑한단 말은 못해도

아아, 세상의 그 어느 말이라도
상관이 없었다만은
차마
안녕이란 말은 말았어야지
안녕이란 말은 말았어야지

그래요, 왜 안녕하며 헤어지나요? 다시는 못 볼 것처럼. **민경**

차라리 아무 말 없이 떠나 주세요. **진희**

왜 떠나는지 묻지 말아 줘. 그 이유가 너와 나의 아픔이야. **상혁**

151

# 그런 날이 있었습니다

눈을 뜨면 문득 한숨이 나오는
그런 날이 있었습니다
이유도 없이 눈물이 나
불도 켜지 않은 구석진 방에서
혼자 상심을 삭이는
그런 날이 있었습니다
정작 그런 날 함께 있고 싶은 그대였지만
그대를 지우다 지우다 끝내 고개 떨구는
그런 날이 있었습니다
그대를 알고부터 지금까지
사랑할 수 있는 사람이라 생각한 적은
한 번도 없었지만, 사랑한다
사랑한다며 내 한몸 산산이 부서지는
그런 날이 있었습니다
할일은 산같이 쌓여 있는데도
하루 종일 그대 생각에 잠겨
단 한 발짝도 슬픔에서 헤어 나오지 못한
그런 날이 있었습니다

그런 날이 어쩌면 내 인생의 절반은 되지 않을까? **민수**

열다섯 살에 온 사춘기가 십 년이 지난 오늘까지 끝나지가 않았다.
할일이 산더미인데 퇴근 시간만 기다리고 있다가 시집을 펼쳤다.
아, 나만 그런 게 아니구나. 다행. **수정**

폭풍은 지나가고 나면 맑은 날이 오지만
사랑이 지나가고 난 뒤엔 견디기 힘든 날들만 남는다.
사랑이라는 그 몹쓸 것. **장기**

# 휴식 같은 사랑

사랑이란 것
그것이 그늘 같은 것이었으면 좋겠다
무성한 줄기와 잎을 드리운 나무
그 아래 잠시 쉴 수 있는

사랑이라는 것
그것이 의자 같은 것이었으면 좋겠다
삶의 먼 여행을 떠나는 사람에게
쉬었다 갈 수 있게 하는

사랑이 아름다운 것은
진심어린 배려가 담겼기 때문이다
자신은 물러앉더라도 그를 위해
자리 하나를 마련해 주기 때문이다

나무 그늘 같은 사랑
작은 불빛 같은 사랑

팍팍한 삶의 길
따스한 위안이 되어 주는
우리 모두 그런 사랑이 되자
나는 너에게 너는 나에게
휴식 같은 사랑

정말이지 그런 사랑을 바랍니다. 따스한 위안이 되어 주는 그런 사랑,
너와 나에게 휴식이 되어 주는 그런 사랑. **용연**

사랑이 아름다운 것은 진심어린 배려가 담겨 있기 때문이다.
그 말에 동의하면서 그동안의 내 사랑에 고개 숙여 반성합니다. **주성**

예뻐요. 그리고 아름다워요. 나무 그늘과 작은 불빛과 같은 사랑. **현화**

# 길의 노래 1

너에게 달려가는 것보다
때로 멀찍이 서서 바라보는 것도
너를 향한 사랑이라는 것을 알겠다

사랑한다는 말을 하는 것보다
묵묵히 너의 뒷모습이 되어 주는 것도
너를 향한 더 큰 사랑인 줄을 알겠다

너로 인해, 너를 알게 됨으로
내 가슴에 슬픔이 고이지 않는 날이 없었지만
네가 있어 오늘 하루도 넉넉하였음을…

네 생각마저 접으면
어김없이 서쪽 하늘을 벌겋게 수놓는 저녁 해
자신은 지면서도 세상의 아름다운 뒷배경이 되어 주는
그 숭고한 헌신을 보면, 내 사랑 또한
고운 빛깔로 마알갛게 번지는 저녁 해가 되고 싶었다
마지막 가는 너의 뒷모습까지 감싸 줄 수 있는
서쪽 하늘, 그 배경이 되고 싶었다

군대 간 남자친구의 면회를 다녀온 적이 있다.
너무도 먼 길이었는데 가는 길은 한달음이었지만 돌아오는 길은 어찌나 멀던지.
버스에 올라탈 때 샀던 휴지 한 봉지를 몽땅 다 쓸 만큼 울어도 갈 길이 멀었던
그 시절. 돌아오는 길에 저물던 노을만큼 눈동자가 붉어졌다. **지영**

시가 이렇게나 아름다운 건지 처음 알았어요.
응얼응얼 이 시를 읽다 보니 내 마음에도 노을이 물드는 것 같았어요. **혜진**

난 너를 위해 무엇을 했던가, 또한 너의 존재에 대해 다시 한 번 생각하게 되었다.
내가 기뻐하고 슬퍼했던 이 모든 것이 네가 있었기에 가능했던 것임을.
그러므로 너는 나의 삶이다. **경철**

# 이 저녁, 당신은 평온한가요?

오늘따라 유난히
당신이 보고 싶었습니다
환할 땐 그나마 덜했는데
저녁이 되어 어둠이 내리니
물감 번지듯 번져 오는 당신 생각에
나는 가만히 있지를 못합니다

베란다를 나가 보았습니다
하나 둘씩 켜지는 불빛들을 바라보다
기어이 나는 현관을 나섭니다
길을 걷고 있었습니다만
어디를 걷고 있는지
어디를 향해 가고 있는지
당최 알 수 없는 그 길을
그저 걷고 또 걸었는데

당신이 그립다는 말은 하지 않겠습니다
다만 내가 걷는 만큼 보고 싶었다는 것만
걷다 보니 점점 깊어지는 어둠처럼
온전히 당신에게 둘러싸이고 싶었다는 것만

외로움이 나를 흔들고
쓸쓸함이 나를 세울 때
어느덧 당신과 자주 함께했던
카페 문 앞이라는 걸 깨달았습니다
당신도 어쩌면 나처럼 어딘가를 서성이고 있을까요
서성이다 서성이다 저절로
여기까지 오게 될 것은 아닐까요
이 저녁에 나는 간절히 바랐습니다

당신도 나처럼 흔들리기를
당신도 나처럼 평온하지 않기를


자주 흔들려요. 당신과 헤어지고 난 후 평화로운 적이 없었어요. **수명**

나는 평안하지 않는데 당신은 평안히 지낸다면,
그것처럼 약 오르는 일이 어디 있을까. **낙현**

유난히 당신이 보고 싶을 때 이 시를 읽어요. **재정**


159

# 내가 당신을 사랑하는 것은

당신이 가지고 있는 것보다
당신이 가지지 않은 것 때문에
나는 당신을 사랑합니다

당신이 가지고 있는 기쁨보다는
당신이 가지고 있는 슬픔 때문에
나는 당신을 더 사랑합니다

당신이 가지고 있는
당신이 안고 있는 상처 때문에
나는 당신을 더 사랑합니다

다른 모든 사람들이
당신의 흠이라고 여기고 있는 그것을

사랑해

나는, 바로 그것 때문에
당신을 사랑합니다

내가 당신을 사랑하는 것은
이렇듯 당신을 감싸 주기 위해섭니다
그러니 당신은 내게
가지고 있지 않은 것 때문에
부끄러워하지 마십시오
설사 남보다 훨씬 못한 걸 가졌더라도
그것 때문에 슬퍼하지 마십시오
무엇보다 당신은
누구도 가질 수 없는 나의 사랑을
가지지 않았습니까

그런 당신을
그런 당신의 모든 것을
사랑합니다

사랑의 진정한 자세. 누군가를 사랑한다면 이러해야 하지 않을까? **형식**

쉽게 사랑하고 쉽게 헤어지는 인스턴트 사랑과는 너무 비교된다. **영남**

사랑은, 당신의 슬픔까지 사랑하는 것이에요. **인숙**

# 이별, 그 후

난 이제부터 단 1초의 시간도
당신에게 주지 않을 거예요

탕탕탕!

짧은 이 시에 난 숨이 멎을 듯했다.
그동안 난 얼마나 많은 시간을 빼앗기고 있었던가.
아무 소용도 없는데, 바보같이. **지수**

탕탕탕! 떠나는 그를 향해 총을 쏘는 것인지,
아니면 내 심장을 향해 쏘는 것인지? **진영**

판사가 선고를 내릴 때 내리치는 방망이 소리 같기도 하다.
내가 나에게 내리는 판결. 꼭 지켜야지. **재희**

# 판화

너를 새긴다
더 팔 것도 없는 가슴이지만
시퍼렇게 날이 선 조각칼로
너를 새긴다

너를 새기며
날마다 나는 피 흘린다


내 가슴에 당신이 새겨져 있었어요, 이렇듯 선명하게. **정선**

날마다 아파하고 괴로워하는 내 모습이 보이는 듯합니다. **강수**

당신, 시퍼렇게 날이 선 조각칼. **초아**

# 이쯤에서 다시 만나게 하소서

그대에게 가는 길이 멀고 멀어
늘 내 발은 부르터 있기 일쑤였네
한시라도 내 눈과 귀가
그대 향해 열려 있지 않은 적 없었으니
이쯤에서 그를 다시 만나게 하소서

볼 수는 없지만 느낄 수는 있는 사람
생각지 않으려 애쓰면 더욱 생각나는 사람
그 흔한 약속 하나 없이 우린 헤어졌지만
여전히 내 가슴에 남아 슬픔으로 저무는 사람
내가 그대를 보내지 않는 한
언제까지나 그대는 나의 사랑이니
이쯤에서 그를 다시 만나게 하소서

찬이슬에 젖은 잎새가 더욱 붉듯
우리 사랑도 그처럼 오랜 고난 후에
마알갛게 우러나오는 고운 빛깔이려니
함께한 시간은 얼마 되지 않지만
그로 인한 슬픔과 그리움은
내 인생 전체를 삼키고도 남으니
이쯤에서 그를 다시 만나게 하소서

그래요, 이쯤에서 제발 만나게, 만나지게 하소서. 신이 계신다면. **화**

우연이라는 말처럼 비현실적인 말이 또 있을까.
나에게는 모든 것이 계획적이었고, 절박했었을 뿐.
사무치게 그리운 너를 우연히 만날 수 있다는 것은 내겐 꿈에서나 가능한 일.
우연을 믿느니 다음 생을 기약하겠어. **차희**

마알갛게 우러나오는 고운 빛깔로 우리 사랑을 다시 만나게 해 주세요.
내 마음 다 타기 전에. 그동안 너무 오래 기다렸습니다. **수명**

# 가을

가을은 그냥 오지 않습니다
세상 모든 것들을 물들이며 옵니다
그래서 가을이 오면
모두가 닮아 갑니다

내 삶을 물들이던 당신
당신은 지금 어디쯤 오고 있나요?
벌써부터
나, 당신에게 이렇게 물들어 있는데
당신과 이렇게 닮아 있는데

당신을 사랑하면서부터 나는 너무도 당신과 닮아 가는 것 같아요.  **먼산**

나를 아름답게 물들여 주세요.  **인혜**

가을, 참 예쁘죠? 풍경도 사람들도. 특히나 사랑하는 사람들은 더더욱.  **종소리**

## 내 삶의 마침표로

사람 때문에
눈물을 흘려 본 사람이라면
알 것이다

사람 하나 벗어나는 일이
얼마나 힘겹고도 숨막히는 일인지
벗어나려 할수록
더욱 옭아맨다는 것을

집착해 봤자
가질 수 있는 것이 아니기에
사랑은 아프다
살아가면서 우리는
얼마나 많은 것들을
버려야 하는지

하지만 나는
간절히 소망하지 않을 수 없다
결국 마지막 남은 육체마저
버리는 날이 오겠지만

그때까지 사랑이 나와
동행해 줄 것을
내 삶의 황혼을 끝까지 지켜보다
가벼이 손 흔들어 줄 수 있는
이승의 마지막 인사이기를

가끔 두려워져, 네가 언제까지 나와 동행해 줄 수 있을지. **창섭**

한번도 생각해 보지 않았는데 내 삶의 마지막 순간까지
어떻게 살아야 할지 곰곰이 생각해 보게 된다. **준영**

손 흔들어 주는 모습이 보여요. 먼 곳이 아니더라도 꼭 나와서
나를 배웅해 주던 당신, 그 모습이 너무 사랑스러웠죠.
그렇게 우리 한평생 함께해요. **민희**

## 어디쯤 가고 있을까

내가 원하는 것들은
옆에 있어 주지 않았다
원하지 않는 것들만 내게 몰려들어
그 속에 빠져 허우적거리기 일쑤였다

늘 그랬다, 내게 있어 세상은
내게 있어 너마저도

최선을 다했다고 생각했지만
사실은, 다가올 실패가 두려워
약간의 여지는 남겨 둔지도 모를 일이었다
그래서 내가 잡을 수 있는 것은
기껏 네가 남겨 두고 간 눈물자국이거나
먹다 만 과자 부스러기 같은 것들뿐이었다
너 없이도 행복하고 싶었지만
행복할 것이라 마음먹었지만
그럴수록 행복과는 더더욱
멀어진다는 것을 깨달았을 때

어찌하여 세월은 나보다 더 빠른 것인가
모든 흘러가는 것들은 머물지 못한다
그리고 보면 세상엔 흐르지 않는 것이 없는데
무엇을 잡기 위해
이리도 허우적거리는가

지금 난 어디로 가고 있나
어디쯤 가고 있을까

가고 있다는 것만으로 충분하리라. 길을 잃든 헤매고 있든
나는 가고 있으니까. 최소한 가만히 있진 않으니까. **창민**

무엇을 잡기 위해 이리도 허우적거리는가, 내 모습이 보이는 듯하다. **길수**

그래요, 그래도 가고 있어요. 당신은 어디쯤 계시는가요. **미희**

# 작은 새

사랑했던 날보다도
더 많이 그리워한
그대 내게 있었기에
다 타 버린 내 영혼
함께했던 시간보다
더 많이 사랑했던
그대 나를 떠났기에
내게 남은 건
오직 어둠

그 많고 많은 날들 중에서
그대 그립지 않은 날 없어
내 죽기 전까지는 결코 잊을 수 없는
세상에 단 한 사람, 내 슬픈 작은 새여
내 둥지를 떠나 지금 어디에
나 없인 날 수 없었던
내 슬픈 작은 새여

내 둥지가 너무 작았나? **현표**

네가 떠나고 난 뒤 내게 남은 건 오직 어둠.
그 깜깜한 어둠 속에서 나는 아직 헤매고 있다. **광욱**

당신이라도 넓은 하늘에서 훨훨 날아다니세요. **미희**

# 울고 있는 소녀에게

길을 가다 보니 잘못 들어설 수도
때론 막막하기도 해서

지금 네가 할 수 있는 일이
눈물밖에 없겠지만

하지만 소녀여
그 뜨거움을 기억하렴

네가 흘리는 눈물이 참회가 되고
결심이 되고 희망이 되어

네 암담한 현실에
새로운 길 하나 틔게 해 줄 것이니

제겐 큰 위안이 되는 시였어요.
너무 막막해서, 어찌할 줄 몰라서 그저 울고만 있던 저에게
큰 용기가 되고 큰 희망이 되는 시였어요. **무늬**

눈물을 흘린다는 거. 그것만으로도 그 사람의 삶이 진실하다는 증거죠. **도연**

순간순간 눈물 흘린 적 많았었죠.
그 눈물이 모여 제가 여기까지 올 수 있게 했나 봐요. **민희**

# 자국

망치는, 못을 박는 데도 쓰이지만
못을 빼는 데도 필요합니다

사랑이라는 것
추억이라는 것
못을 빼고 난 다음에도 남아 있는
메울 수 없는 구멍 같은 것이여

차라리 망치가 되고 싶어요. **윤미**

못을 빼고 난 다음에 횅하니 남아 있는 구멍 같은 거.
거기에 불어 대는 쓸쓸한 바람 같은 거. **정욱**

그래서 그렇게 아팠군요.
내 가슴에 못이 박혀 있었고, 또 그 못을 빼자니. **동원**